Gerd Schneider

Kafkas Puppe

Roman

Arena

Informationen zu Unterrichtsmaterialien
unter www.arena-verlag.de

MIX
Papier aus verantwortungsvollen Quellen
FSC® C110508
FSC
www.fsc.org

1. Auflage im Arena-Taschenbuch 2018

Umschlagfoto: Pascal Crapet © gettyimages
Umschlaggestaltung: Jenny Köhler
Umschlagtypografie: KCS GmbH · Verlagsservice & Medienproduktion, Stelle / Hamburg
Gesamtherstellung: Westermann Druck Zwickau GmbH
ISSN 0518-4002
ISBN 978-3-401-51111-5

Besuche uns unter:
www.arena-verlag.de
www.twitter.com/arenaverlag
www.facebook.com/arenaverlagfans

Arena-Taschenbuch
Band 51111

Ebenfalls von Gerd Schneider im Arena Verlag erschienen:
Der letzte Code
Bauer, Dame, König – Matt! Ein Schachkurs für Einsteiger

Gerd Schneider
wurde 1942 geboren und arbeitete nach seinem Studium der Germanistik und Theaterwissenschaft als Journalist. Seit 1980 schrieb er zahlreiche Romane, Sachbücher und Fernsehdrehbücher. Seit seinem Studium beschäftigte er sich intensiv mit der Person Franz Kafkas. Eine seiner vielen anderen großen Leidenschaften war das Schachspiel, das er Kindern und Jugendlichen viele Jahre lang im Schachunterricht an Schulen und in Vereinen vermittelte. Gerd Schneider starb im Sommer 2016.

Ein luftig blauer Himmel wölbt sich hoch über Berlin in diesem Herbst 1923. Warm ist es, sehr warm für Oktober, fünfundzwanzig Grad, und laue Luft aus Südwesten, als würde einem ein Seidentuch sanft übers Gesicht streichen. Ein dunkel gekleideter Mann geht im Park am Steglitzer Wasserturm spazieren. Lachen, Kindergeschrei. Jungen in kurzen Hosen rennen hinter einem Ball her, zwei Mädchen spielen auf einem Platz Himmel und Hölle. Sie haben die Umrisse der Kästchen in den harten Sandboden geritzt; während eines den flachen Stein wirft, hüpft und hickelt das andere. Nebenan werfen sich andere Kinder zwei kleine rote Jonglierbälle zu. Von der Schaukel her ertönen jauchzende Schreie, als kleinere von größeren Jungen fest angestoßen werden und gefährlich hoch hinauf in die Luft steigen, dort fast stillzustehen scheinen, um dann mit rasender Fahrt wieder im Bogen zur Erde herunterzusausen.

Ganz in der Nähe ist das leise Weinen eines Kindes zu hören. Auf einer Bank bei einem Rhododendronbusch mit wächsern glänzenden grünen Blättern hockt ein kleines Mädchen. Heftiges Schluchzen schüttelt seinen Körper. Das blonde Haar ist an den Seiten zu zwei dicken Zöpfen geflochten, die das Gesicht einrahmen. Das Mädchen trägt eine verwaschene blaue Kittelschürze mit weißen Streifen

und einer großen aufgenähten Tasche. Ihre Beine stecken in groben Wollstrümpfen.
Der Mann tritt zögernd heran und bleibt vor der Bank stehen. Er zieht den schwarzen Mantel enger um sich, blickt prüfend zum blauen Himmel hinauf, als wolle er die Wärme der Mittagssonne in sich aufnehmen.
»Warum weinst du?«, fragt er.
Das Mädchen blickt überrascht auf, antwortet jedoch nicht.
Der Mann hüstelt kurz.
»Kannst du mir nicht sagen, warum du weinst?«
»Ach!«, stößt die Kleine hervor. Sie macht eine Bewegung mit dem Kopf und wirft die Zöpfe nach hinten. Tränen laufen über ihre Wangen, der Mund zuckt. Sie schaut den großen Mann misstrauisch an. Er ist sehr dünn und trägt einen schwarzen Mantel und einen schwarzen runden Hut. So gekleidet und mit seinen fast schwarzen Augen und den abstehenden Ohren sieht er ein bisschen aus wie eine traurige Fledermaus. Und er ist sehr blass, fast gelblich im Gesicht. Das Mädchen senkt den Kopf und blickt wieder zu Boden. Aber sie hat aufgehört zu weinen. Er macht eine Geste mit der Hand, als wolle er über ihre Schulter streichen, doch dann schiebt er die Hände in die Taschen seines Mantels.

Wind fährt durch die Bäume. Ein Sonnenstrahl trifft den Boden vor der Bank.
»Wartest du auf jemanden? Auf deine Eltern vielleicht?«
Das Mädchen schaut ihn fragend an aus dunkelblauen Augen. »Nein, ich warte auf niemanden.«
Vorsichtig, als hätte er Angst, das Kind zu verschrecken,

beugt sich der Mann mit seinem schmalen Körper etwas vor. »Aber was ist denn dann mit dir? Willst du es mir nicht sagen?«, fragt er weiter.
»Meine Puppe!«, schluchzt das Mädchen und fährt sich mit der Hand über die Augen.
»Was ist mit deiner Puppe?«
»Sie ist weg.« Im Park ist es still geworden; die lärmenden Jungen mit dem Ball sind verschwunden. Auch die Schaukeln sind nun leer, als würde alles den Atem anhalten.
»Deine Puppe ist weg?«
Sie nickt.
»Hast du sie verloren?«
»Da habe ich sie hingesetzt.« Das Mädchen zeigt auf die Bank. Als wolle sie dem Holz die Schuld dafür geben, dass ihre Puppe verschwunden ist. Ihre Miene ist verzweifelt. »Aus meiner Kittelschürze ist sie mir immer rausgefallen beim Spielen. Drum habe ich sie dagelassen.« Sie macht eine heftige Geste. »Vielleicht hat sie jemand gestohlen.«
Der Mann setzt sich ganz ans andere Ende der Bank, auf die Kante.
»Ich glaube nicht, dass jemand deine Puppe gestohlen hat.«
»Aber sie ist doch weg!«
»Wie heißt deine Puppe denn?«, fragt er freundlich.
»Sie heißt . . . einfach Puppe . . . Ich habe Ball gespielt. Sie sollte doch auf mich warten. Und dann . . .«, schluchzt sie.
»Und als du vom Spielen zurückgekommen bist, war sie nicht mehr da?«
»Jemand hat sie mitgenommen! Meine Puppe!«
»Wollen wir sie suchen?«
»Ich hab schon überall gesucht!«

»Wie sieht sie denn aus, deine Puppe?«
»Sie hat ein rotes Kleid an. Und Stiefel.«
»Und die Haare?«
»Ganz lang. So . . .« Sie zeigt die Länge bis zum Bauch. »Blond. Mit einer Schleife drin.«
»Wie groß ist deine Puppe?«
Das Mädchen hält die Hand ein Stück über die Bank.
»So groß?«
»Ja. Sie hat mich immer mit ihrem grünen Auge angeschaut, wenn ich vom Spielen zurückgekommen bin.«
»Sie hat nur ein Auge?«
»Sie hat noch ein blaues. Aber sie hat immer mit dem grünen geblinzelt.«
»Dann habe ich sie gesehen, deine Puppe!«
Das Mädchen hebt den Kopf und starrt in das hagere Gesicht des Mannes mit der scharfen Nase. Er lächelt, seine schwarzen Augen glänzen.
»Sie kam mir entgegen«, sagt er und zeigt hinüber zum Eingang des Parks.
»Lügst du auch nicht?«, fragt das Mädchen. Sie schnieft immer noch.
»Wenn ich es doch sage. Sie kam mir in ihrem roten Kleid entgegen.«
»Ach, das sagst du nur so.« Das Mädchen steht von der Bank auf. Sie wendet sich zum Gehen. Sie sieht traurig aus.
»So warte doch!«, sagt der Mann schnell. Der Himmel ist immer noch wunderbar blau und der würzige Geruch von Herbstfeuern liegt in der Luft.
Das Mädchen ist schon ein paar Schritte weg. Auf der Wiese bleibt sie noch einmal stehen, dreht sich um. »Eine Puppe

kann gar nicht laufen!«, sagt sie triumphierend. Jetzt hat sie ihn, den Beweis, dass der Mann Unsinn redet!
»Deine kann es. Sie ist sicher etwas Besonderes.«
Das Mädchen steht still, kämpft mit sich. Soll sie sofort verschwinden oder noch ein Wort mit dem merkwürdigen Fremden reden?
»Ist das auch wirklich wahr?« Sie legt ihre Stirn in Falten, überlegt.
»Ja, natürlich«, erwidert er eifrig, »sie ist an mir vorbeigelaufen. Sie hat etwas gesagt.«
Das Mädchen schüttelt den Kopf. Sie wischt sich mit dem Ärmel ihres Kittels über das Gesicht. »Eine Puppe kann doch gar nicht sprechen!«, sagt sie enttäuscht.
»Ich glaube, sie wollte schreiben.«
Das Mädchen dreht sich um, diesmal entschlossen. Sie hat genug von dem Spiel. Sie will weg.
»Ich heiße Franz«, ruft der Mann ihr hinterher.
»Ich heiße Lena.« Jetzt läuft sie endgültig davon.
»Bist du morgen wieder hier im Park, Lena?«

Durch den herbstlichen Park ist das Schlagen einer Kirchturmuhr zu hören. Ein Mal, zwei Mal. Das Blau des Himmels scheint zarter geworden zu sein. Die Gestalt des Mädchens ist noch kurz zwischen den Bäumen zu sehen. Seine letzte Frage hat sie sicher nicht mehr gehört.
Franz atmet tief ein und zieht den Hut weiter in die Stirn. Er hustet, doch auf seinem Gesicht liegt ein leichtes Lächeln, als er sich zum Gehen wendet. Mit über der Brust gekreuzten Armen fasst er den Kragen seines Mantels, zieht ihn enger um sich, als würde ihn trotz der Wärme frösteln, und

geht mit ausgreifenden Schritten davon. Sein Blick wandert hin und her, von Strauch zu Strauch, von Baumstamm zu Baumstamm. Schimmert etwas Rotes aus dem Gebüsch? Achtlos hingeworfen von einem, der dem Mädchen einen Streich spielen wollte?

»Guten Tag«, hört Franz eine knarrende Stimme sagen. Er blickt auf, um zu sehen, woher die Stimme kommt. Ein älterer Mann, schlank, sich straff aufrecht haltend, mit einem braun-weißen Collie an seiner Seite, ist schon fast an ihm vorbei. Er hat den Hut zum Gruß gelüftet. Franz bleibt stehen, wendet sich ihm zu und zieht ebenfalls den Hut. Er hat den knorrigen Alten mit seinem Hund schon zwei- oder dreimal auf seinen Spaziergängen im Park gesehen. Der Collie hechelt erwartungsvoll.

»Guten Tag«, erwidert Franz freundlich.

»Ich habe Sie schon gestern um diese Zeit hier bemerkt«, sagt der Alte, als wäre er gern zu einem Plausch bereit. Als wäre er es ein Leben lang gewohnt gewesen, einem Gespräch die Richtung und den Ton anzugeben.

»Das ist möglich. Ich gehe gern hier spazieren.«

»Sind Sie fremd in der Stadt, mein Herr?«

»Ja.«

»Sie wohnen in Steglitz?«

»Ja, seit ein paar Tagen«, sagt Franz und tritt nun etwas ungeduldig von einem Fuß auf den anderen.

»Da haben Sie aber keine gute Jahreszeit erwischt, um nach Berlin zu kommen«, fährt der Alte fort. Sein Hund beschnuppert Franz, freundlich wedelnd.

»Karo mag Sie!«, sagt der Alte und wirft einen Blick auf seinen Hund. Franz beugt sich nieder und streichelt den Collie.

»Du bist ein ganz schöner Hund! Und so ein seidiges Fell! – Nein, mein Herr, Sie haben recht, es ist keine gute Zeit«, bestätigt Franz. »Der Winter kommt, und ein Zentner Briketts kostet heute dreißig Millionen Mark. Ein Brot wird morgen sicher genauso teuer sein. Die Inflation frisst unser ganzes Geld!«, sagt Franz dann, als würde er eine einfache Feststellung treffen. »Man hat Mühe, sich in dieser schwierigen Welt einzurichten.«

Der Alte nickt. »Sie sagen es. Zu Kaisers Zeiten hatte die Welt noch eine feste Ordnung; man wusste, wie die Dinge laufen.« Er macht eine kurze Pause, als überlege er, was er als Nächstes sagen soll. Auch Franz schweigt, leise lächelnd.

»Darf ich fragen, was Sie in die Stadt geführt hat?«

»Ich werde nur kurze Zeit bleiben. Ich bin gewissermaßen auf der Durchreise.«

Der prüfende Blick des Alten wird von dem Hund unterbrochen, der den Fremden immer noch beschnuppert.

»Platz, Karo! Entschuldigen Sie bitte, mein Herr. Der Köter ist wirklich zu lästig!«

»Das macht nichts. Ich liebe Hunde.«

»Oh, ich glaube, ich habe mich noch gar nicht vorgestellt: Behrens ist mein Name, Oberst a. D. Wilhelm Behrens.«

»Kafka, Dr. Franz Kafka«, sagt Franz und lüftet erneut den Hut.

»Sehr erfreut, Herr Dr. Kafka«, sagt der Oberst feierlich. »Sie befinden sich sicher auf einer Dienstreise?«

»Dienstreise?« Franz schmunzelt leise. »Nein, das nicht. Ich bin Frühpensionär.«

Karo läuft kreuz und quer über den Weg, schnüffelt an verschiedenen Stellen und verschwindet im Gebüsch.

»Frühpensionär?« Der Oberst zieht überrascht eine Braue hoch, als würde er sich fragen, was diesem noch jungen, fast knabenhaft wirkenden Mann fehlen könnte. Nun zieht dieser ein Taschentuch hervor, hält es sich vor den Mund und erstickt einen Hustenanfall. »Verzeihen Sie bitte. Ich muss mich nun verabschieden«, sagt Franz zwischen dem unterdrückten Husten.

»Aber natürlich!« Behrens blickt sich um. »Karo, wo bist du?«

Der Collie kommt wieder angesaust, springt an Kafka hoch.

»Verzeihen Sie vielmals, mein Herr«, ruft der Alte. »Der Racker macht, was er will!«

»Ach, lassen Sie nur«, sagt Franz.

»Ihr schöner Mantel!«, ruft der Alte aus und schaut auf die hellen Spuren, die Karos Pfoten auf dem schwarzen Stoff hinterlassen haben.

»Was ist schon der Mantel gegen die Freude, die ein Hund einem vermittelt. Unser Hund in Prag hieß Foxl. Er teilte die Menschen entsprechend dem Grad der Zuwendung ein, die ihm von ihnen zuteil wurden. Er wusste auf Anhieb, ob ihn jemand mochte oder nicht.«

Vor Franz taucht das Bild seiner drei Schwestern auf, die jeden Mittag nach der Schule von Foxl stürmisch begrüßt wurden, während er, der junge Student Franz, mit erwachsener Würde am Türpfosten lehnte und den Kleinen zusah.

»Karo, wir gehen! Schluss für heute mit dem Herumstreunen!« Der Alte will den Collie an die Leine nehmen. »Was hast du da? Ach, es ist furchtbar mit dieser Töle! Gib her!« Er zieht an einem Stofffetzen, der dem Hund jetzt aus dem Maul hängt.

»Gib es mir, Karo«, sagt Franz sanft und sogleich gehorcht der Hund und legt ihm das schmutzige Ding vor die Füße.
»Er mag Sie wirklich«, sagt Behrens in einem prüfenden Ton, als wäre ihm die Zuneigung des Hundes nicht recht, und will den Lumpen mit dem Fuß vom Weg schieben.
Franz bückt sich, hebt den Stoff auf. »Wenn Sie erlauben, ich behalte es.«
»Aber das ist doch nur ein Fetzen«, sagt der Oberst verwundert.

Franz sitzt am Tisch, über ein Manuskript gebeugt, den Federhalter in der Hand. Dora wäscht am Spülstein auf dem Flur Teller und Tassen ab. Zum Abendessen hat es Grießbrei mit Himbeersoße gegeben; das mag er eigentlich besonders gern. Dazu gab es den Rest Milch, der noch in der Kanne war. Doch das Schlucken fiel ihm schwer und bereitete ihm Schmerzen, sodass er nur zaghaft und ganz langsam essen konnte.
Kafka lebt seit Jahren vegetarisch. Für seinen Körper hat er alles getan, was möglich ist: keinen Alkohol, kein Nikotin, keine sonstigen Laster, mehrere Wasser- und Luftkuren, jeden Bissen bis zu hundert Mal kauen, Gymnastik bei offenem Fenster, Enthaltsamkeit. Die Krankheit kam trotzdem. Er sah sie als Antwort auf die Frage, die er sich in seinem Tagebuch stellte: Bin ich überhaupt würdig, zu leben? Diese Antwort sozusagen als ein auf den Leib geschriebenes Urteil, eine strenge Erinnerung an ein Gesetz, das er nie zu finden und nie zu befolgen vermocht hatte. Das Erscheinen der Schwindsucht als letzte Warnung.

Jetzt wird alles gut, hat er schon mehrmals zu Dora gesagt. Die Tuberkulose wird er besiegen, wenn sein Leben eine bessere Wendung nimmt. Wenn er endlich selbstständig wird. Endlich ist es ihm gelungen, Prag und seine Familie zu verlassen, die Gespenster zu bannen, wie er glaubt. Niemals zuvor in seinem vierzigjährigen Leben hat er allein gelebt, unabhängig von seiner Familie, unabhängig vom mächtigen Vater. Nun hat er einen schon lange gefassten heroischen Entschluss in die Tat umgesetzt. Er preist ihn in Briefen an seine Schwester Ottilie, an seinen Freund Max, denen er sein Leben in Berlin beschreibt. Dora ist ebenfalls geflohen, hat ihre jüdisch-orthodoxe Familie in Ostpolen verlassen, um ihr eigenes Leben zu führen. Sie verliebte sich in den Vierzigjährigen, den sie im Sommer im Ostseebad Müritz kennengelernt hatte, wo sie in einem jüdischen Kinderheim als Küchenhilfe arbeitete. Nun leben sie in dem armseligen, nur mit dem Notwendigsten ausgestatteten Zimmer in der Miquelstraße in Berlin-Steglitz. In der Mitte steht ein Tisch mit zwei Stühlen, bei der Türe befindet sich der schwarze Kohleofen, von dem ein langes Rohr nach oben in die Zimmerecke führt. Unter dem Fenster steht ein schmales abgewetztes Sofa, an der Wand gegenüber ein Bett. Ein schäbiger Küchenschrank und ein Regal vervollständigen das Mobiliar. Der Spülstein ist draußen im Flur und ganz am Ende des Flurs die Toilette.
Dora geht zum Fenster und will es schließen.
Franz hebt den Kopf. »Nein, mach das Fenster noch nicht zu!«, sagt er. »Der Abend ist so schön.«
»Wie du willst. Wolke wird sich freuen, wenn sie noch das Gezwitscher aus dem Garten hört.«
Dora tritt zum Käfig mit dem gelben Kanarienvogel, der auf

einem Wandbrett neben dem Fenster steht. Sie hält ihm einen Krümel Zwieback hin, der auf dem Teller übrig geblieben ist. Dabei summt sie leise eine Melodie für ihren Vogel mit dem Namen Wolke, der sie, seit sie von ihrer Familie weggegangen ist, überallhin begleitet hat.
»Mein Wölkchen!«
Das Fenster zieht sie doch etwas zu, lässt es nur einen Spaltbreit offen. Sie weiß, dass Franz sich auf keinen Fall erkälten darf.
Er hält den Federhalter in der Hand wie einen Pfeil, der auf das Papier zielt. Seine dichterische Tätigkeit ist ihr fremd, aber sie liebt seine Ernsthaftigkeit beim Schreiben. Sie liebt es, wenn er ihr das Geschriebene vorliest, auch wenn sie wenig davon versteht.
»Was schreibst du?«, fragt sie.
»Eine Erzählung.«
»Was für eine Erzählung? Und wie heißt sie?«
Er überlegt, dann lacht er: »Eine Geschichte über mich. Sie heißt *Der Bau*.«
»Lies sie mir doch vor!« Sie setzt sich ganz gespannt auf die Tischkante neben ihn.
»Genauer gesagt«, erklärt er, »handelt die Geschichte von einem Tier, das sich in einem weit verzweigten Bau unter der Erde einrichtet. Das Tier hat einen geschärften Sinn für Gefahren. Sein Leben ist auf Verteidigung ausgerichtet, es sehnt sich nach nichts so sehr wie nach Ruhe und Sicherheit. Daher ist es ständig darauf bedacht, alle Schwachpunkte seiner Festung gegen einen unsichtbar nahenden Feind zu verteidigen, dessen Scharren und Graben es immer stärker vernimmt.«

»Eine Maus?«, fragt Dora verwundert.
»Möglich. Es kann auch ein Maulwurf sein.«
»Ein Maulwurf!« Dora lacht.
»Das Tier durchlebt«, erklärt er ernsthaft, »nacheinander die Stadien des Selbstvertrauens, der Verzweiflung und der Erkenntnis seiner Niederlage.«
Er liest ihr vor.
Ich habe den Bau eingerichtet und er scheint wohlgelungen. Von außen ist eigentlich nur ein großes Loch sichtbar, dieses führt aber in Wirklichkeit nirgends hin, schon nach ein paar Schritten stößt man auf natürliches festes Gestein. Ich will mich nicht dessen rühmen, diese List mit Absicht ausgeführt zu haben, es war vielmehr der Rest eines der vielen vergeblichen Bauversuche, aber schließlich schien es mir vorteilhaft, dieses eine Loch unverschüttet zu lassen. Freilich, manche List ist so fein, dass sie sich selbst umbringt, das weiß ich besser als irgendwer sonst, und es ist gewiss auch kühn, durch dieses Loch überhaupt auf die Möglichkeit aufmerksam zu machen, dass hier etwas Nachforschungswertes vorhanden ist. Doch verkennt mich, wer glaubt, dass ich feige bin und nur aus Feigheit meinen Bau anlege.
»Und wieso ist es eine Geschichte über dich?«, fragt sie und es klingt ratlos.
Doch Franz antwortet nicht. Er ist mit seinen Gedanken schon weitergegangen.
Heraus aus der Dunkelheit des Baus mit seinen Gängen und Verzweigungen, wo man sich so leicht verirren kann, denkt er. Hinaus ins Freie.
Die Puppe muss auf eine Reise gehen. Die Puppe ist erwacht aus einem Traum. Das Leben beginnt.
Franz fängt an zu schreiben, liest, zerreißt das Blatt, fängt

wieder an. Er stellt sich vor, wie die Puppe lebendig wird, wie sie sich bewegt. Wie sie durch irgendein Ereignis angeregt auf eine Reise geht; wie sie auf Menschen trifft, auf Tiere, wie sie allerlei Abenteuer erlebt. Ja, so sollte es beginnen . . .

»Franz, was ist los? Wo bist du nur wieder?«

Franz schaut Dora an. »Ich habe heute im Park ein kleines Mädchen getroffen. Sie hat geweint, weil sie ihre Puppe verloren hat.«

Er steht auf, geht zur Garderobe und kommt mit dem roten Stoff zurück.

»Was ist das?«

»Wahrscheinlich der Überrest einer Stoffpuppe.«

»Sollen wir ihr eine neue machen?«

»Ich habe eine andere Idee.«

Franz blickt suchend umher. Es ist kurz vor eins. Gestern um diese Zeit hat er sie hier getroffen, hier auf der Bank vor dem Rhododendron. Das Blau des Himmels ist heute etwas blasser, milchiger, aber es ist immer noch sommerlich warm. Ob das Mädchen wohl kommt? Wenn es von ihrer gestrigen Begegnung mit dem Mann ihren Eltern erzählt hat, werden die sehr misstrauisch sein und ihrer Tochter verbieten, wieder in den Park zu gehen. Ein fremder Mann macht ein Rendezvous mit einem kleinen Mädchen aus; das muss verdächtig wirken! Ich werde mich wieder davonmachen, denkt Franz, das wird das Beste sein. Man hat vielleicht nach der Polizei geschickt. Wie schnell kann man verleumdet werden. Er wendet sich rasch zum Gehen.

Als hätte sie die Gedanken des Mannes erraten, als hätte sie gewusst, was er in diesem Augenblick vorhatte, kommt sie hinter dem Rhododendron hervor. Sie trägt eine grob gestrickte rote Mütze, eine hinten mit einer großen Schleife gebundene Schürze aus festem blauen Leinen, Wollstrümpfe und halbhohe Schnürschuhe.

Franz hält einen Umschlag hoch.

»Was ist das?«, fragt Lena zögernd.

»Das ist für dich!«

Lena nimmt den Umschlag, beugt sich darüber, dreht ihn hin und her.

Er zeigt auf den Umschlag. FÜR LENA steht da, in Großbuchstaben. Sie fährt mit einem Finger die Linien nach, buchstabiert die Worte F-Ü-R L-E-N-A. Dann lacht sie den Mann an.

»Das hast du geschrieben!«

»Willst du nicht nachsehen?«

Lena blickt wieder gebannt auf den Umschlag. Dann zeigt sie auf die Briefmarke. »Eine schöne Briefmarke.«

»Ja, mit Tauben darauf.«

Lena betrachtet aufmerksam die Briefmarke, sieht Franz zweifelnd an, als sei sie sich auf einmal gar nicht mehr sicher, was hier abgelaufen ist. Eine Briefmarke bedeutet, dass der Brief von irgendwoher kommt.

»Woher kommt der Brief denn?«

»Von deiner Puppe. Sie ist auf eine Reise gegangen und schreibt dir.«

»Aber meine Puppe kann doch gar nicht schreiben!« Das Mädchen hält den Brief unschlüssig in der Hand.

»Schau einfach nach, Lena!«

Sie reißt den Umschlag auf, holt eine Karte heraus. Dreht sie hin und her. Auf beiden Seiten beschrieben. Am Rand sieht man einige zittrige sparsame Striche.

»Was soll das sein?«, fragt Lena und deutet darauf.

»Eine Zeichnung. Kannst du nicht erkennen, was da zu sehen ist?«

»Sieht aus wie ein springender Hund.«

Sie gibt Franz das Blatt.

»Lies vor!«, fordert sie ihn auf.

Kafka setzt sich auf die Bank. Er hustet, hält sich ein Taschentuch vor den Mund.

»Was hast du? Bist du krank?« Lena hat sich neben ihn gesetzt, sieht ihn neugierig an.
»Nichts. Es geht gleich wieder.«
Er ringt nach Luft, versucht zu lächeln. Es dauert eine Weile, bis er wieder sprechen kann. Dann liest er leise und deutlich, in einem bestimmten Rhythmus, wie einst die abendlichen Geschichten für seine Schwestern. Kinder haben es gern, wenn man leise und rhythmisch spricht, jedes einzelne Wort betonend, als wäre es Musik, die sie umschmeichelt. Das hat er damals bei den Kleinen gelernt, als er ihnen neben der Babicka auch Geschichten aus dem »Rheinischen Hausfreund« vorlas oder erzählte. Wie gerne folgten Ottla, Elli und Valli der Stimme des Bruders und dabei war es gar nicht so wichtig, worum es in diesen Erzählungen ging; es war immer eine magische Welt, die durch diese Melodie vor ihnen aufgebaut wurde und in die sie eintauchten.

Jenseits des Parks am Wasserturm in einer kleinen Seitenstraße steht etwas zurückgesetzt hinter Zäunen und Hecken eine Reihe schmaler zweistöckiger Häuser. Durchgänge zwischen den Häusern führen in den Hinterhof. Am Haus Nummer elf rankt sich Efeu an der bröckligen, dunkel gewordenen Ziegelwand hoch. Die Stufen zum Eingang sind ausgetreten. Der Vorgarten ist zur Straße hin mit einem Bretterzaun begrenzt. Das Anwesen gehört dem Ehepaar Krall, das hier ein privates Heim für Waisenkinder führt. Das größte Zimmer im Hause im Erdgeschoss dient als Aufenthaltsraum und Speisesaal. Dort sitzen jetzt sechs Kinder mit gefalteten Händen am Tisch. Die Älteste ist mit elf Jahren Kristina. Lena ist sieben oder acht. Genau weiß man es nicht, denn sie ist ein Findelkind. Als Baby wurde sie in einem Korb auf einer Bank in Neustrelitz gefunden. Die Suche nach ihren Eltern blieb erfolglos. Als Kleinkind lebte sie einige Jahre in einem staatlichen Kinderheim, bis sie hier in dieses Haus kam. Die anderen Kinder am Tisch sind noch jünger.
Lena ist heute an der Reihe mit Beten. Sie faltet die Hände und fängt an:
»Komm, Herr Jesus, sei unser Gast und segne,
was du uns bescheret hast.«
»Nicht so leiern, Kind!«, mahnt Frau Krall. »Wo bist du bloß wieder mit deinen Gedanken?«

»Ihre Puppe ist verschwunden«, sagt Kristina.
»Nein, ist sie nicht!«, erwidert Lena und löst ihre Hände.
»Ja, was denn nun?«, fragt Frau Krall ungeduldig.
»Wahrscheinlich geklaut worden«, sagt Kristina. »Drüben im Park.«
»Die ist nicht geklaut worden, die ist verreist«, sagt Lena feierlich.
Kristina lacht, tippt sich mit dem Finger an die Stirn. Die Kleineren blicken unsicher zur Heimleiterin.
»Wollt ihr wohl still sein und aufhören mit diesem Blödsinn!«, schimpft Frau Krall. »Eine Puppe kann doch nicht verreisen! Lena, sprich das Gebet zu Ende oder ihr geht alle ohne Essen ins Bett!« Streng schaut sie Lena an, die sofort wieder die Hände faltet und den Kopf senkt.
»Ob wir trinken oder essen,
lass uns, Herr, dich nicht vergessen.«

Später am Abend ist es still geworden im Haus. Ab und zu hört man von der Straße her, die von wenigen Lampen trübe beleuchtet wird, Schritte und Stimmen von Menschen. Sie eilen, von der Endhaltestelle der Straßenbahn am Rathausplatz kommend, nach Hause.
Kristina und Lena stecken in ihrem Zimmer im oberen Stockwerk die Köpfe zusammen. Sie sitzen auf Lenas schmalem Bett. Der Raum ist winzig, mehr eine Besenkammer neben dem Schlafraum der kleineren Kinder. Aber Lena ist froh, dass sie nicht mehr bei den Jüngeren schlafen muss.
Kristina hält die Karte und versucht, bei dem schlechten Licht zu lesen. Sie ist im fünften Schuljahr, sie kann es; Lena

tut sich noch schwer mit dem Lesen. Sie kam erst spät in die Schule, war immer wieder krank.
»Und der Mann hat dir wirklich die Karte gegeben?«, fragt Kristina misstrauisch.
Lena sieht der Älteren an, dass sie nicht recht weiß, was sie von dem Ganzen halten soll.
»Hat er«, sagt Lena trotzig. »Die Puppe hat mir geschrieben. Und jetzt will ich es noch mal hören.«
Kristina seufzt.
»Das ist so krakelig geschrieben! Das kann keiner lesen! Geifer . . . was soll das denn sein?«
»Das ist die Spucke von dem Hund, der meine Puppe schnappen wollte, als ich sie auf der Bank zurückgelassen habe.« Lena erinnert sich noch an jedes Wort, das der Mann vorgelesen hat.
»Glaubst du das wirklich?«
»Ja.«
Lena kann sich nicht recht vorstellen, dass jemand nicht die Wahrheit sagt. Wenn etwas unlogisch ist, wenn etwas nicht sein kann, dann glaubt sie es erst recht. Kristina hat sie schon oft aufgezogen deswegen.
»Mhm«, macht Kristina.
»Bitte! Ich möchte es noch einmal hören.« Lena bettelt.
Kristina gibt nach, und während sie den Brief vorliest, hört Lena neben ihrer Stimme die Stimme des fremden Mannes im Park.
Sie lauscht dem Fluss der Erzählung, der durch ihren Kopf geht, der die Bilder erschafft, die sie vor sich sieht:
wie ihre Puppe sich zum allerersten Mal bewegt, als der zottelige Hundekopf an der Bank auftaucht.

Erst habe ich es mit einem Arm versucht, dann mit dem anderen. Dann das eine Bein und das andere. Es ging, ich konnte aufstehen, ich konnte weg, denn ich glaubte, der Hund wollte mich fressen ...
»Weiter!«
Wild knurrte er, Geifer troff aus seinem Maul, liest Kristina.
»Weg mit dir! Was willst du?, hat die Puppe gerufen.« Lena wiederholt, was der Mann ihr vorgelesen hat. Und sie weiß noch genau, wie der Herr Franz das betont hat, mit seiner seltsamen Stimme, die so fremd klingt.
Kristina zieht unwillig die Augenbrauen zusammen. »Soll *ich* jetzt lesen oder du?«
Lena schaut betreten auf die Bettdecke. »Du, bitte«, sagt sie kleinlaut.
Kristina fährt fort.
Doch dann war ich mit einem Satz von der Bank gesprungen und losgerannt, so schnell es ging. Ich rannte, ohne auf die Richtung zu achten. Den Weg entlang, an der Wiese vorbei, einen anderen Weg, durch ein Gebüsch. In der Nähe laute Musik, Trommeln, Trompeten. Ein Zirkus – gleich dort drüben! Doch ich muss weiter! Immer weiter! Ich spürte, wie die Bestie nicht von mir abließ. Niemand kam mir zu Hilfe, keiner schien meine Flucht bemerkt zu haben. Schnauben und Hecheln des Verfolgers. Der Hund war so viel schneller als ich. Gleich hatte er mich!
»Nicht so lahm«, rief da jemand an meiner Seite. »Nimm die Beine in die Hand, Puppe!«
Neben mir tauchten die zwei roten Springbälle auf, mit denen die Jungen auf der Wiese gespielt haben. Ein Ball war links von mir, einer rechts.
»Schau nach hier,
dummes Tier ...«

Kristina hält kurz inne.

»Lies doch weiter!«

Auch die Ältere ist jetzt gespannt.

Der Hund war mit hängender Zunge stehen geblieben. Er wusste nicht, was er tun sollte. Die Bälle reizten ihn, sein Jagdeifer wurde noch mehr angestachelt. Mal sprangen sie vor ihm auf, dann wieder waren sie plötzlich hinter ihm.

»Fang uns doch,
fang uns doch!«

Hin und her sprangen die Bälle, vor und zurück und wieder auf die Wiese und zurück zu dem Hund. Der schnappte jedes Mal nach ihnen und verfehlte sie immer nur ganz knapp.

»Hier sind wir,
du kriegst uns nicht!«

Der Hund ließ von mir ab und rannte hinter den springenden Bällen her. Das war meine Rettung, Lena.

Kristina hört auf. Sie runzelt die Stirn und studiert die Karte. Dann schüttelt sie den Kopf. »Das andere kann ich nicht mehr genau lesen. Der Mann kriegt in Schönschrift eine glatte Fünf!«

»Ich weiß schon«, ruft Lena. »Er hat es mir ja vorgelesen! Die Puppe wusste nicht mehr, wo sie war. Sie hatte sich verlaufen.«

Sie denkt daran, wie sich die Puppe gefühlt haben muss. Sie schluckt und blinzelt eine Träne weg.

Kristina lächelt die Jüngere nachsichtig an und schüttelt wieder den Kopf.

»Du Dumme!«, sagt sie. »Vielleicht behauptest du auch noch, dass jemand gesehen hat, wie sie davongelaufen ist, deine Puppe!«

»Der Mann hat sie gesehen. Das sagt er doch!«
»Klar, er hat die Puppe weglaufen sehen und dann hat er auch noch den Brief gekriegt! Du glaubst aber auch alles.«
»Meine Puppe ist eben etwas Besonderes!«
»Hat er das auch gesagt?«
Jetzt ist Lena trotzig, weil sie sich von Kristina zu sehr verspottet fühlt. Dass sie selbst den Mann in dem flatternden schwarzen Mantel ziemlich ungläubig angesehen hat, erzählt sie ihrer Freundin nicht.
»Kommst du wieder?«, hat sie ihn gefragt.
»Gewiss, morgen komme ich wieder und bringe dir den nächsten Brief.«
Lena hat noch fragen wollen, woher die Puppe überhaupt weiß, wo er wohnt, doch da hat in der Ferne die Uhr geschlagen.
»Ein Mal, zwei Mal!«, hat sie laut mitgezählt und dann ist sie von der Bank aufgesprungen und hat ihm das Papier aus der Hand gerissen.
»Warte!«, hat der Fledermausmann gerufen.
Doch sie ist schon unter den Bäumen verschwunden. Zu groß ist die Angst davor, von Mutter Krall erwischt zu werden.
Lena sieht Kristina an. »Du wirst schon sehen«, sagt sie und wirft ihre Zöpfe zurück. »Meine Puppe schreibt mir noch einmal. Ganz bestimmt.«

Franz und Dora liegen auf dem schmalen Sofa, Dora hält ihn in den Armen, streichelt seinen Rücken, streichelt über den rauen Stoff seiner Hausjoppe, unter der sich seine knochigen Schulterblätter abzeichnen.
Er drückt seine Wange an ihre Brust. »Das Mädchen hat mich gar nicht richtig angesehen«, sagt er traurig. »Sie hebt nur kurz den Blick, wenn ich sie anspreche.«
»Aber immerhin ist sie in den Park gekommen, um von ihrer Puppe zu hören«, erwidert Dora. »Sie ist neugierig geworden, glaube ich. Alle Kinder wollen gern die Wirklichkeit verlassen und sich ins Märchen flüchten.«
»Nicht nur die Kinder, Liebste, nicht nur die. Wie sonst sollte man die Wirklichkeit denn aushalten? Und übrigens ist es gar keine Flucht, denn wie oft mag sie schon mit ihrer Puppe gesprochen, sie heimlich zum Leben erweckt haben? Wie oft mag sie ihr die Nöte und Sorgen geklagt haben und war sich dabei ganz sicher, dass ihre Puppe sie versteht?«
Dora streicht über sein Haar und Franz greift nach ihrer Hand. Bei Dora hat er so etwas wie Zufriedenheit und Glück gefunden. Wie unglücklich sein Leben früher immer wurde, wenn er versuchte, Liebhaber und Ehemann zu werden, bei Felice, bei Milena. Dora, seine gute Fee, die ihm über seine körperliche Schwäche hinweghilft, die ihm eine junge und doch mütterliche oder schwesterliche Gefährtin ist.

Vor den Fenstern ist es dunkel geworden, Dora hat ein Tuch über den Käfig von Wolke gebreitet. Sie reden über ihren Traum, bald nach Palästina zu gehen, um dort ein Restaurant aufzumachen.

»Eine wirklich wunderbare Unternehmung«, sagt sie, »eine Frau, die nicht kochen kann!«

»Und ein Mann, der noch nie gekellnert hat und es sicher auch nicht lernen wird!«

»Das wird sich herumsprechen in Jerusalem.«

»Sie werden in Scharen kommen, um dieses Wunder zu bestaunen!«

»Oh, ich fürchte, in dieses Restaurant wird sich niemand verirren!«, lacht Dora.

»Wir werden es dennoch wagen«, sagt Franz zuversichtlich, hebt den Kopf und blickt sie voller Zärtlichkeit an. »Mit dir wird es gelingen, mit dir wird mir alles gelingen, so wie dieser Neubeginn hier in Berlin nach den Jahren der Einengung in der Prager Elternwohnung. Es ist allein dein Verdienst, dass ich es gewagt habe!«

Dora küsst ihn. Er legt den Kopf wieder auf Doras Brust und schließt die Augen, lächelt, atmet ruhig und fast ohne Mühe. Nach einer Weile setzt er sich auf.

»Bleib doch liegen«, bittet sie.

»Ich muss noch einen Brief schreiben«, erklärt er. »Ich hätte die Kleine nach Hause begleiten sollen.« Er verschweigt Dora jedoch, dass er heute Mittag dazu kaum noch in der Lage gewesen wäre. »Sie wird Ärger kriegen mit ihren Eltern, wenn sie erfahren, dass ich sie im Park treffe.«

»Aber du hast sie doch nur getröstet«, sagt Dora. »Außerdem werde ich ihr eine neue Puppe machen. Ich bin zwar

keine gute Köchin, aber ein guter Puppendoktor. Du wirst sehen!«
»Ich weiß nicht, ob das eine gute Idee ist. Einstweilen wollen wir lieber die Reise fortsetzen.«

Franz hat nichts dagegen, wenn Dora beim Fenster sitzt, mit ihrer Handarbeit beschäftigt oder in einem Buch blätternd, während er schreibt. Wenn er aufschaut, liegt in seinem Blick stets eine leichte Verwunderung, als brauche er einen Augenblick, um sich wieder in der Gegenwart zurechtzufinden.
»Im Schein der Tischlampe sieht deine Haut viel dunkler aus, fast olivfarben«, sagt Dora unvermittelt.
Ja, im Sommer, als er vor dem Küchenfenster im Müritzer Ferienheim auftauchte, wo Dora gerade Fleisch zerteilte, hat sie geglaubt, er müsse ein Halbblut sein. Und dann sagte er in seinem singenden Prager Deutsch: »Ach, so zarte Hände, und sie müssen so blutige Arbeit verrichten!« Und als später im Speisesaal ein kleiner Junge hinfiel und seine Kameraden in Gelächter ausbrachen, da sagte Franz, der hier mit seiner Schwester und deren Kindern Urlaub machte, leise und bestimmt, sodass es ringsum sofort still wurde: »Wie geschickt du gefallen bist und wie geschickt wieder aufgestanden!«
Dieser einfache Satz hat großen Eindruck gemacht auf Dora. Franz hat sofort gespürt, dass sie sich sehr allein fühlte in dieser westlichen Welt, und sie hat sich gleich in ihn verliebt. Sie hat zugestimmt, als er ihr einige Wochen nach ihrem ersten Zusammentreffen vorschlug, gemeinsam in Berlin zu leben. Trotz aller Armut und den schwierigen Umständen ist sie sicher, dass alles gut wird.

Schon von Weitem sieht Franz die rote Strickmütze des Mädchens, als er mit langen Schritten den Parkweg entlangeilt. Kurz bevor er bei der Bank ist, zieht er bereits den Umschlag hervor und schwenkt ihn wie ein Fähnlein. Mit der anderen hält er den Hut, den der Wind ihm vom Kopf zu fegen droht. Das schöne sommerliche Wetter, der zartblaue Himmel, ist für kurze Zeit einem herbstlichen Wind und grauen Wolken gewichen. Doch Franz hat sich gegen Dora durchgesetzt, die ihn bat, zu Hause zu bleiben. Sein Fieber war in der Nacht auf über achtunddreißig Grad gestiegen und gegen Morgen hat ihn sein Husten gequält, aber beim Frühstück erklärte er: »Es geht nicht, ich kann das Mädchen nicht enttäuschen. Was soll sie denn denken, wenn man ein Versprechen nicht hält!«

»Hat die Puppe wieder geschrieben?«
»Ja, schau nur!« Franz hält ihr den Umschlag hin.
Das Mädchen starrt auf die Marke. »Die Tauben! Woher kommt die Briefmarke?«
»Ich weiß es nicht.« Er verrät ihr nicht, dass Dora eine kleine, mit einem Goldband verzierte Pappschachtel hat mit Briefmarken aus ihrer ostpolnischen Heimat. Darunter eine Serie mit verschiedenen Vogelmotiven.
»Warum schreibt sie eigentlich dir?« Das Mädchen sieht ihn nicht an, sie starrt noch immer auf den Umschlag.

»Sie weiß vielleicht, dass wir uns treffen.«
»Meinst du?«
Franz sieht den Zweifel in ihrer Miene. »Ich gehe seit Kurzem jeden Tag hier spazieren. Manchmal sogar zweimal am Tag. Sie hat mich schon gesehen. Und sie weiß wahrscheinlich genau, dass ich ein guter Briefträger für ihre Post bin.«

Lena starrt den fremden Mann an. Sie kämpft mit sich. Was kann sie glauben? Was will sie glauben? Die Vorstellung, dass ihre Puppe, die sie begleitet, solange sie denken kann, gestohlen, zerstört, fortgeworfen oder gar eine Freude für ein anderes Mädchen sein soll – das geht nicht, das kann einfach nicht sein!
»Warum schreibt sie denn nicht mir? Sie gehört doch mir!«
»Das kann ich dir nicht sagen.«
Sie kann mir nicht schreiben, Mutter Krall würde nicht erlauben, dass ich Briefe bekomme, denkt Lena, und ihr wird schon ganz schwindlig, weil sie gar nicht mehr weiß, was sie denken soll.
»Lies vor!«
»Willst du nicht selber lesen?«
»Nein, du!«
Franz und Lena setzen sich auf die Bank.
»Wir haben miterlebt, wie sie davongelaufen ist, erinnerst du dich? Und am Schluss hat sie sich verlaufen.«
»Ist ihr was passiert?«
»Keine Angst, Lena«, sagt Franz
Er liest, mit leiser, etwas angestrengter Stimme: *Bist du da, Lena? Hörst du mich?*
Dann lässt er vor den Augen des Mädchens eine Szene ent-

stehen, wie die Puppe versucht, den Weg zurück zu erfragen.

Eine Katze schlich vor mir über den Weg. Sie sah mich misstrauisch an. »Kannst du mir sagen, wo ich bin?«, fragte ich sie. »Dahinten ist der Hüttensteig und rechts der große Graben.« – »Aha«, sagte ich, »und wo ist der Wasserturm?« – »Kenn ich nicht, weiß ich nicht.« – »Dann verschwinde!«, rief ich ihr zu. Sie war mir zu nahe gekommen und ihre Schnurrhaare zitterten. Ich richtete mich auf und funkelte sie mit meinem grünen Auge an. Sie sollte merken, dass ich größer und stärker bin als sie.

Die Katze wurde unsicher, wusste nicht, was sie tun sollte. Ich machte mich noch ein bisschen größer.

»Schon gut«, sagte sie, »kein Grund zur Aufregung, kleines Ding! Wie heißt du überhaupt?«

»Das geht dich nichts an . . .«

»Sie hat keinen Namen!«, sagt Lena dazwischen. »Sie heißt nur Puppe!«

»Sei nicht so unhöflich«, schnurrte die Katze, aber ich traute ihr nicht. Ihre Freundlichkeit war nicht echt. Ich glaube, sie hatte etwas vor, das mir nicht gefallen hätte. Die Sache mit dem Hund, der mich von der Bank gejagt hatte, steckte mir noch in meinen Puppengliedern. Auch wenn ich ihm hätte dankbar sein müssen. Denn hätte ich sonst gemerkt, dass ich laufen kann, rennen, reden, schreiben? Dass ein solches Wunder möglich ist?

Die Katze zog sich ins Gebüsch zurück, als Stimmen zu hören waren. So eine Unverschämtheit, dachte ich noch, kleines Ding zu mir zu sagen. Dir werd ich's zeigen!

Da näherten sich zwei Frauen, in ihrer Mitte ein Kind. Ich erhob mich von meinem Stein, denn ich wollte fragen, wie ich den Weg nach Hause finden kann. Ich wollte ja endlich zurück zu dir, Lena, und zu den anderen Kindern. Ich ging einige Schritte auf sie zu. Das Kind bemerkte mich zuerst. Es lachte und streckte die Hände nach mir aus. Dann kam es mit unsicheren Schritten auf mich zu. »Spielen!«, rief es. »Spielen!«

Ja, wollte ich sagen, wir spielen zusammen. Schließlich bin ich immer noch eine Puppe, auch wenn ich laufen und sprechen kann. »Sag mir aber zuerst, wie ich zu dem Park komme, wo der Wasserturm steht, damit ich zurückkann zu meiner Lena.« Das Kind lachte. »Wasser!«, rief es. »Spielen, Wasser!«

Immerhin, dachte ich noch, es hat mich verstanden. Da bemerkten die beiden Frauen, was hier vor sich ging. Die eine von ihnen, die Mutter wahrscheinlich, stürzte auf das Kind los und riss es von mir weg, als wenn ich eine gefährliche Bestie wäre oder so etwas. Dabei schaute sie mich erst erschrocken, dann ganz streng an.

»Ich habe mich verlaufen«, sagte ich, aber die Frau verstand mich nicht.

Franz lehnt sich auf der Bank zurück.

»Wo ist sie?« Lena schaut ganz erschrocken.

»Ich kann es dir nicht sagen. Dieser Brief ist zu Ende.«

»Wieso denn? Aber ich will wissen, wo sie ist. Vielleicht kann ich sie abholen?« Lena lächelt. Es ist, als wollte sie sagen: Ich kriege dich noch mit deinen Geschichten. Franz lächelt zurück. »Es ist ein Wunder, was mit deiner Puppe passiert ist!«

Als Lena ein paar Minuten nach zwei zum Mittagessen in den Speisesaal stürzt, macht Kristina ihr wilde Zeichen: Ist wieder ein Brief gekommen?

Lena setzt sich schnell auf ihren Platz, fängt an, die Suppe zu

löffeln. Sie hat Hunger, nimmt einen Kanten Brot aus dem Korb. Frau Krall hat ihr einen missbilligenden Blick zugeworfen, sagt aber nichts. Sie achtet streng auf Pünktlichkeit. Wer mehr als zehn Minuten zu spät kommt, kriegt kein Mittagessen. Heute gibt es im Heim Rübensuppe und sogar Apfelmus und für jeden eine Birne zum Nachtisch. Vielleicht kommt wieder der Mann vom Amt, denkt Lena. Dann schaut Mutter Krall immer, dass die Kinder nicht verhungert aussehen. Die Rübensuppe wechselt mit Mehlsuppe und an ganz besonderen Tagen bringt Frau Krall aus der Gaststätte Fiebigs, wo sie stundenweise aushilft, Reste mit: ein paar Buletten, gekochte Eier oder am Sonntag ein Stück Schmorbraten mit Klößen und Soße. Nein, hungern müssen sie hier nicht, bei Mutter; Mutter, so will sie von ihren Pflegekindern genannt werden.
Kristina kann es nicht erwarten, die Neuigkeiten zu hören. Wieder macht sie Zeichen.
Lena sieht vorsichtig zu Mutter.
Also was ist?, fragt Kristina, wieder in Zeichensprache, und knufft Lena in die Seite. »Jetzt reicht's mir aber mit euch beiden!«, schimpft Frau Krall. »Morgen macht ihr den Putzdienst!«
Lena und Kristina senken zerknirscht den Kopf.

Beim Gehen hält Franz sich sehr gerade und atmet mit offenem Mund tief aus und ein. Feine Schweißperlen sammeln sich auf seiner Stirn. Er bleibt stehen, wischt sie sorgfältig mit dem Tuch fort. Ganz von ferne, wie aus einer anderen Welt, ist das gedämpfte Klingeln einer Straßenbahn zu hören und dumpfes Brausen aus der Stadt. Aus der Tiefe des Parks schallen Rufe, Hunde bellen wie immer mittags um diese Zeit, wenn sie ausgeführt werden.

Die Puppe des Mädchens ist auf die Reise geschickt, denkt Franz. Bald schon wird es für die Kleine selbstverständlich sein, dass ihre Puppe unterwegs ist. Wir werden sehen, wo ihr Weg sie hinführen mag und wie er enden wird . . .

»Zum Glück hat es wieder aufgeklart, Herr Dr. Kafka.« Die dröhnende Stimme des Oberst unterbricht seine Gedanken beim Ausgang des Parks. Franz bleibt stehen, sieht Behrens kerzengerade in seiner mit Goldknöpfen verzierten uniformähnlichen Jacke über den Nebenweg herankommen. Dabei schwenkt er grüßend seinen Hut und deutet zum Himmel. Der Collie springt freudig auf Franz zu.

»Ja, es wird wieder ein schöner Tag werden. Man kann es gut aushalten«, erwidert Franz höflich.

»Darf ich Sie fragen, was Ihre Pläne machen?«, fragt der Alte und streicht sich dabei seinen gepflegten Backenbart.

Franz zuckt unwillkürlich ein wenig zurück. »Meine Plä-

ne?«, fragt er zurück, als seien Pläne für ihn etwas vollkommen Fremdes.
»Ja, bezüglich Ihrer Weiterreise«, beeilt sich der Alte zu erklären. »Sie haben angedeutet, dass Sie sich hier in Berlin nur auf der Durchreise befinden.«
»Das ist richtig.«
»Und?«
»Meine Pläne gehen voran.«
»Das freut mich zu hören.« Der Alte sieht Franz an, als warte er auf eine Erklärung. Doch es kommen keine weiteren Einzelheiten über diese Pläne. Seufzend fährt er fort, wie um die aufkommende Verlegenheit zu überspielen: »Wenn nur die Zeiten nicht so stürmisch wären. Man muss sich jeden Augenblick auf einen Bürgerkrieg gefasst machen. Als wenn man nicht schon genug durchgemacht hätte in den letzten Jahren! – Und wie ist Ihre Meinung zur derzeitigen politischen Lage, Herr Dr. Kafka?«
»Man kann unbesorgt sein, es wird wieder eine Erholung eintreten«, sagt Franz etwas umständlich. »Einmal wird es ein Ende haben mit der Staatskrise. Sehen Sie nur, wie schön dieser Herbst ist. Kein Regen oder Sturm konnte ihm bisher etwas anhaben.«
»Das wird sich ändern«, sagt der Oberst in einem Ton, als liebe er Hiobsbotschaften. »Kennen Sie schon den Berliner Winter?«
»Mir ist nicht bange davor.«
»Strenger Frost mit minus zwanzig Grad ist üblich. Ich kann nur hoffen, dass Sie bald weiterreisen. Dann bleibt Ihnen viel erspart.«
»Noch gefällt es mir hier.«

»Wir werden gezwungen sein«, fährt Behrens in seiner Klage fort, »für mehrere Milliarden Kohlen zu besorgen. Und dann wird es neue Einschränkungen geben. Wirklich, ich wünsche Ihnen, dass Sie bald weit fort sind. Komm, Karo, lass den Herrn Doktor in Ruhe, wir müssen gehen, Muttern wartet und wird sich Sorgen machen. Auf Wiedersehen, mein Herr!« Behrens strafft sich kurz, als wolle er strammstehen.

»Auf Wiedersehen! Ich wünsche Ihnen trotz aller Unbill einen schönen Tag, mein Herr.«

»Das wünsche ich Ihnen auch!«

Franz geht auf das Haus in der Miquelstraße zu, in Gedanken versunken. Am eisernen Gitter angekommen, muss er innehalten und stützt sich auf einen Pfosten. Er atmet schwer.

»Darf ich Sie daran erinnern, mein Herr«, hört er auf einmal eine barsche Stimme aus einem Parterrefenster rufen, »nicht so viel Strom zu verbrauchen! Fast die ganze letzte Nacht hat in Ihrem Zimmer wieder das Licht gebrannt. So geht das nicht weiter. Was machen Sie bloß die ganze Zeit?«

Franz blickt auf. »Ich habe zu schreiben«, antwortet er, während er die fünf Stufen zur Eingangstüre hinaufsteigt. Die Hauswirtin steht noch immer am Fenster. Die kleine Frau ist misstrauisch. Sie mustert ihn mit zusammengekniffenen Augen. Franz weiß, dass er und Dora ihr verdächtig sind. In wilder Ehe leben! Er, der unheimliche Fremde aus Prag, der nicht arbeitet und nachts schreibt. Und Dora mit ihren schwarzen Haaren und ihren dunklen Augen, die so herausfordernd schauen. Sicher würde die Wirtin sie beide am

liebsten hinauswerfen aus dem Zimmer, das sie ihnen vermietet hat. Aber sie ist in diesen Zeiten wohl auch froh um jeden, der Geld ins Haus bringt.
»Können Sie das nicht am Tag erledigen? Sie wissen doch, wie teuer alles wird! Ich werde die Miete erhöhen müssen, wenn Sie weiterhin so verschwenderisch sind!«
»Erlauben Sie, dass ich hineingehe?«, fragt Franz sanft. Er ist mit seiner Kraft am Ende und öffnet rasch die Haustür.

»Du sollst nicht immer so lange im Park bleiben!«, schimpft Dora liebevoll. Sie ist dabei, eine rot verfärbte Ranke vom wilden Wein, die sie in einem Vorgarten gefunden hat, in einer Vase auf dem Tisch zu ordnen.
»Wie gut es dir immer gelingt, unsere Behausung zu verschönern«, sagt er bewundernd.
»Lenk nicht ab, mein Lieber. Ich wollte eigentlich mit dir schimpfen.«
»Und ich will meine Spaziergänge nicht aufgeben.« Er lässt sich auf das Sofa fallen.
»Es wird zu anstrengend für dich.«
»Nein, im Gegenteil, es ist erholsam. Außerdem lohnt es sich immer, das Zuhause zu verlassen, um dann wieder zurückzukehren.«
»Konntest du das kleine Mädchen trösten?«
»Ich weiß es noch nicht. Die Reise ihrer Puppe hat erst begonnen.«
Dora hat einen Apfel geschält, schneidet ihn durch.
»Dora, was das wieder kostet! Unser letztes Geld hast du ausgegeben!« Sein Gejammer ist gespielt. Er weiß, wie gut seine Freundin haushalten kann.

»Ich habe eine Überraschung für dich!« Sie zieht ein Paket hervor, das neben dem Sofa gestanden hat, und gibt es Franz.
»Ein Paket von deiner Schwester!«
»Von Ottla! Hoffentlich wirft ihr kleiner Hof in Böhmen genügend ab, damit sie uns mit durchfüttern kann.« In der Einladung an seine Schwester, ihn und Dora hier in Berlin zu besuchen, hatte er vor einigen Tagen geschrieben: »Du wirst uns ganz bestimmt nicht stören! Wenn mich alles in der Welt stören würde – und oft ist es so weit –, du nicht! Auch wenn wir noch nicht fest genug hier in Berlin eingerichtet sind, so komm nur!«
Statt ihres Besuches oder vielleicht als Vorbote nun dieses Paket.
»Pack es aus, Lieber!« Dora setzt sich neben ihn, ungeduldig wie ein Kind am Weihnachtsabend.
»Nein, mach du es!«
»Du!«
»Nein, du!«
Beide lösen zugleich die Schnur.
»Was für ein herrlicher Duft!« Dora schnuppert begeistert in den geöffneten Karton.
»Brot!«
»Butter! Und hier, sieh!«
Dora hebt einen warmen Mantel für Franz hoch. Er nimmt ihn, hält ihn an sich.
»Es wird uns gut gehen, Liebste! Wir werden nicht frieren müssen auf unserem neuen Weg! Wir sind gewappnet gegen kältere Tage, die kommen werden! Gerüstet für den bösen Berliner Winter!«

Dora packt einen Fußsack aus dem Packpapier, warme Socken, Unterzeug für Franz.
»Noch kommt eine milde Brise herein.« Der Dichter ist ans offene Fenster getreten, atmet tief ein und aus. Der Lichtschein der Stadt steht über dem dunklen Horizont. Ein Grollen ist zu hören, ein fernes Donnern und einzelne kurze, scharfe Laute wie Peitschenknall. »Sind das etwa Schüsse?«, fragt Dora besorgt.
Franz schließt rasch das Fenster. »Diese Welt werden wir nicht hereinlassen.«
Später legt er sich das Schreibpapier zurecht.
»Die Reise muss fortgesetzt werden. Die Puppe hat noch keinen Namen, wir müssen den Rhythmus ihres Lebens noch finden, denn er wird sich anders und viel rascher entwickeln als bei den Menschen.«
»Denk daran, was die Hauswirtin gesagt hat«, mahnt Dora.
»Wir werden eine Petroleumlampe kaufen. Wir werden ihr keinen Grund liefern, sich über den Stromverbrauch zu beklagen.«
»Sie wird einen anderen Grund finden. Sie hasst uns aus ganzem Herzen, wir sind ihr nicht geheuer.«
»Ja, wir werden uns nach einer anderen Bleibe umsehen müssen.«
Dora nimmt seinen Kopf in die Hände, küsst ihn: »Du wirst wieder gesund, Lieber«, sagt sie, »ich weiß es. Aber du solltest heute nicht mehr arbeiten. Komm, ruh dich aus.«
»Das geht noch nicht. Lena soll wissen, dass alles wahr ist, was mit ihrer Puppe geschieht. Sie soll wissen, dass hier etwas zum Leben erweckt wird, dass aus ihrem Spielzeug etwas anderes geworden ist. Es wird alles lebendig, was man

sich vorstellt. Die Puppe wird uns erzählen, wie ihre Welt ist, sie wird uns mitnehmen wie die Zirkusreiterin, deren Bild mich einst gefangen genommen hat.«
Franz sieht das Bild wieder vor sich, das er vor Jahren auf seiner Reise mit seinem Freund Max Brod im Pariser Louvre gesehen hat. Eine Tänzerin, die über dem Rücken eines Pferdes schwebt.

Lena horcht an der Tür, die sie einen Spalt geöffnet hat. Sie möchte hinaus in den Park. Aber es geht nicht. Da sind Schritte im Flur und unten im Haus hört man Stimmen. Schnell zieht sie die Tür zu, bevor Mutter Krall merkt, dass sie nicht, wie heute angeordnet, Mittagsschlaf hält. Dann wäre es ganz vorbei mit dem Davonschleichen. Mutter Krall würde das Zimmer von außen abschließen. Gegen die Regeln verstoßen darf man nicht. Zu groß ist ihre Angst vor dem Stadtinspektor. Sonst ist Mutter nicht böse und manchmal scheint es sogar, als liebe Hermine Krall ihre Pflegekinder.

Bitte, du sollst weggehen! Lena tritt von einem Fuß auf den anderen, die Hand an der Klinke. Sie weiß gar nicht, warum Mutter heute über Mittag hier ist. Normalerweise hilft sie doch um diese Zeit in Fiebigs Speisewirtschaft aus. Herr Krall passt derweil auf die Kinder auf. Das heißt, er sitzt wie fast immer beim Bier in der Küche und liest den »Anzeiger«. Er merkt es nicht, wenn Lena sich unbemerkt hinausschleicht.

Die Stimmen werden lauter. Lena lauscht. Jetzt verebben sie.

Plötzlich weiß sie, wer das ist.

Es sind Leute, die sich Kinder holen.

Voller Schrecken denkt Lena an ihre letzte Begegnung mit

einem Ehepaar. Das war vor zwei Monaten in der Küche. Die Mädchen und Jungen, damals waren es zehn, die hier wohnten, wurden wie auf einem Laufsteg vorgeführt und begutachtet. Lena musste sogar ein zweites Mal auftreten. Anscheinend hatte die Frau ein Interesse an ihr. Sie sollte aber erst die schmutzige Puppe aus der weiten Kitteltasche nehmen, forderte sie und Frau Krall pflichtete ihr bei. Lena weigerte sich. Ihr gefielen die Leute nicht. Sie stand stocksteif in der Küche, den Blick gesenkt. Mit beiden Händen hielt sie die Puppe fest.

Lena traut sich immer noch nicht. Mutter hat gute Ohren. Sie würde Verdacht schöpfen, wenn ein Kind schnell wie ein Wiesel die Hintertreppe hinunter in den Garten huschte. Mutter würde das Knarren bestimmter Stufen erkennen, dafür ist ihr Ohr geschärft.
»Mutter!«, stöhnt Lena verzweifelt. Die Uhr hat schon eins geschlagen. Sie hat die beiden Briefe unter der Matratze hervorgeholt, die der Mann mit Namen Franz ihr von ihrer Puppe gebracht hat. Sie hält sie dicht vor die Augen, kriecht förmlich in die Buchstaben hinein, als könnte sie so mit ihrer Puppe auf die Reise gehen, als könnte sie in den schwarzen Schriftzeichen die andere Welt erblicken. Sie sieht, wie ihre Puppe von der Bank fortläuft, mit staksigen, steifen Schritten in ihren Stiefeln; sie hört den Hund hecheln, die Katze schnurren, die beiden Frauen, die sich ihrer Puppe nähern. Vorsichtig, ganz vorsichtig öffnet sie wieder die Tür zum Flur.
Die ferne Uhr hat ein Mal geschlagen. Kafka steht vor der Bank beim Rhododendronbusch, schaut über den Rasen hin

in die Richtung, aus der das Mädchen gestern gekommen war. Es ist diesig heute und fast schwül, niemand ist zu sehen. Alle Geräusche sind gedämpft, der Tag träumerisch und friedlich. Er schaut auf das Blatt mit seiner leicht zittrigen, aber schwungvollen Handschrift. Gestern Abend hat er eine weitere Botschaft für Lena geschrieben. Wie Kafka von seiner Vermieterin wird die Reisepuppe voller Misstrauen von den zwei Frauen angesehen, deren Weg sie kreuzte.
Er überfliegt das Geschriebene.
Als ich einen Schritt auf die Frauen zuging, um sie nach dem Weg zu fragen, schrien sie laut. Fort! Komm uns nicht zu nah!
Dabei fuchtelten sie heftig mit den Armen in meine Richtung, als wenn ich ein Käfer wäre oder sonst ein Ungeziefer. Sie packten das Kind und rissen es weg. Es sträubte sich heftig, rief der fremden Gestalt etwas zu, streckte die Arme nach mir aus. Doch es nützte nichts, es musste mit den beiden Frauen weiter, sie zogen es mit aller Kraft mit sich und eilten im Laufschritt davon.
Es kann doch nicht sein, dass ich sie erschreckt habe, dachte ich, ich sehe doch aus wie ein niedliches kleines Mädchen in meinem roten Kleid und der Jacke. Vorsichtshalber zog ich mir die Kapuze über den Kopf.
Dann sah ich den Mann. Er saß auf der Deichsel eines Karren. Den wollte ich nach dem Weg fragen. Vorsichtig trat ich näher. Sein Kopf war auf seine Brust gesunken. Vielleicht schlief er.
»Hallo?«
Der Mann rührte sich nicht. Der Karren war bunt angemalt, aber die Farbe war schon ziemlich abgeblättert. Gut, dachte ich, dann frage ich eben den Nächsten, der mir über den Weg läuft. Ich wollte endlich nach Hause. Zu meiner Lena.
»Halt!«, schrie es plötzlich hinter mir.

Ich drehte mich um. Der Mann war von seinem Sitz aufgesprungen.

»Wo willst du hin, Kleine?«

Der Mann lächelte mich an. Kam näher.

»Zum Wasserturm«, sagte ich. Er schaute mich fragend an. Vielleicht hatte er mich nicht verstanden.

»Komm, setz dich zu mir«, sagte er sehr freundlich. »Du wirst müde sein.« Damit nahm er mich beim Arm und schob mich sanft zu seinem Karren. Ich war so froh, dass ich jemanden getroffen hatte, der mich verstand.

»Kannst du mir den Weg zeigen?«, fragte ich. Da wurde es auf einmal ganz dunkel um mich herum.

Nein, denkt Kafka, so geht es nicht. Nicht so brutal, das wird anders fortgesetzt. Vorgestellt hatte er sich, dass die Puppe nun von dem Karrenmann gefangen wird. Er ist ein Puppenspieler und er will sie in seinem Theater als Prinzessin einsetzen.

Kafka hat sich überlegt, wie der Mann die Puppe in einen Holzkasten einsperrt, zusammen mit anderen leblosen Puppen, einem Drachen, dessen hölzernes Maul auf- und zuklappt, dem Kasper, dem Teufel, der Hexe, dem Räuber, dem König, der Prinzessin, die der Drache fressen wird.

Hier die Puppe von Lena, zum Leben erwacht.

Dort die anderen, tot oder noch schlafend.

Können Puppen schlafen? Schlafen sie nicht ihr ganzes Leben? Und das Leben ein einziger langer Traum? Ein Tagtraum?

Er wischt sich den Schweiß von der Stirn, atmet ein und aus, so tief es geht. Noch fünf Minuten warte ich, nimmt er sich vor. Das kleine Mädchen wird nicht mehr kommen, denkt er dann; das kurze Spiel ist vorbei. Entweder die Eltern haben ihr den Ausflug in den Park verboten, weil sie beobachtet haben, wie sie mit einem Fremden spricht, oder sie hat alles vergessen. Sie hat andere Dinge erlebt, sie ist bei einer Freundin, sie ist in die Ferien gefahren, sie hat eine neue Puppe bekommen. Kinder vergessen schnell; das ist ein Glück für ihr Leben.

Kafka wartet eine Viertelstunde, dann geht er langsam davon.

»Nein, Liebste, ich komme mit!«

Dora will Franz dazu bewegen, nicht mit zum Kaufladen zu gehen.

»Du warst heute schon so lange draußen! Und es ist diesig und feucht.«

»Ich komme mit! Ich will schließlich auch meinen Beitrag für unsren Haushalt leisten. Außerdem bin ich gern mit dir unterwegs.«

Auf dem Bürgersteig schlenkert er die Milchkanne hin und her wie ein übermütiger Junge.

»Langsam, Lieber«, sagt Dora, »wir haben Zeit.« Sie hat sich bei Franz eingehängt, als sie an diesem dunstigen Herbstnachmittag die Grunewaldstraße entlanggehen. Seine schmale hohe Gestalt wird wie von einer unsichtbaren Kraft von einer Seite zur anderen gedrängt. Ein schwerer Wagen, voll beladen mit großen Fässern, rumpelt ihnen auf dem Pflaster entgegen. Die Hufe der mächtigen braunen Pferde mit der langen Mähne schlagen Funken auf den Steinen. Der Kutscher schwenkt gekonnt die Peitsche über ihrem Rücken. Als Dora ihm zuwinkt, lacht er, grüßt zurück, indem er den Peitschenstiel hebt, und dann lässt er es im Weiterfahren laut knallen.

»Einen Versuch mache ich noch«, sagt Franz, als sie dem Bierwagen hinterhersehen.

»Was meinst du?«
»Einmal noch werde ich nach dem kleinen Mädchen schauen; wenn sie wieder nicht da ist, ist das Spiel vorbei.«
»Nimm es nicht so ernst, dass sie heute nicht gekommen ist.«
Er bleibt stehen, schaut sie vorwurfsvoll an: »Man kann es gar nicht ernst genug nehmen. Mein Schreiben muss zu etwas nütze sein.« In sein Tagebuch hat er geschrieben: Gerne wollte ich Märchen schreiben, die man sogar beim Essen unter dem Tisch hält, um sie zu lesen, und auch in den Pausen, dass die anderen Kinder schon fragen, was liest du da?

Sie sind bei Krudewigs angekommen. Vor dem Laden hat sich eine Schlange gebildet. Sie stellen sich hinten an. Dora lächelt den Wartenden freundlich zu. In vielen Gesichtern zeigt sich Spannung und Misstrauen; die Menschen sind zermürbt vom alltäglichen Kampf ums Überleben.
Der korrekt gekleidete fremde Mann in seinem schwarzen Mantel und mit dem schwarzen Hut zieht die Blicke auf sich. Einige im Laden kennen ihn und seine Begleiterin schon. Flüchtig nicken sie oder schauen gleich weg, wenn das fremde Paar sich ihnen nähert.
»Guten Tag, die Herrschaften!«, grüßt Frau Krudewig mit diensteifriger Stimme. Die verschlossenen Mienen der wartenden Menschen zeigen kaum eine Regung. Sie halten Abstand zu dem hochgewachsenen Fremden mit dem runden Hut auf dem Kopf, als wäre der Mann ihnen nicht ganz geheuer. Als er den Gruß der Ladenbesitzerin erwidert, ist deutlich der tschechische Dialekt zu hören. »Heutzutage weiß man nie, was für ein Volk aus dem Osten sich hier he-

rumtreibt!«, sagt jemand hinten in der Schlange, als Franz der Ladenbesitzerin die Kanne hinhält.
»Eine Wärme ist das um diese Zeit«, sagt die Frau, als Dora ihr die Millionenscheine reicht, »ganz unnormal!«
»Damit wird es bald ein Ende haben!«, ruft ein Mann mit zerdrücktem Strohhut, der sich vordrängt. »Gar kein gutes Zeichen, wenn es im Oktober so warm ist. Dann wird der Winter hart. Sehr hart.« Hatte der alte Behrens nicht ähnlich geredet?
»Wer weiß, ob es dann genug Kohlen gibt«, fällt der Dienstmann ein, der eine Holzkiste in den Laden schiebt. »Man hört so allerhand!«
Eine dicke Frau in rot geblümtem Kittel schreit, man müsste sie alle zum Teufel jagen. »Ja«, erwidert ihr Begleiter, ein kleines aufgeregtes Männchen mit schmutzigem Zylinder, Stehkragen und dicker silberner Uhrkette an der Weste, »man sollte die ganze Regierungsbande nach Moabit ins Zuchthaus verfrachten, damit sie nicht noch mehr Unglück bringen kann!«
»Genau!«, bestätigt ein anderer. »Wir brauchen endlich wieder eine starke Hand im Land!«
»Lass uns gehen, Franz«, drängt Dora ihren zögernden Freund, der die Menschen im Laden mit großer Aufmerksamkeit betrachtet, als wolle er alles, was sie sagen, in sich aufsaugen.
»Komm«, sagt Dora, schiebt ihn sanft zur Tür, während er höflich den Hut lüftet.

»Verbraucht alle Kohle, leer der Kübel, sinnlos die Schaufel!« Franz lächelt, als sie wieder auf der Straße gehen.

»Was sagst du?«
»Wir werden nicht erfrieren!«
»Was macht dich plötzlich so sicher, Lieber? Du hast gehört, was für eine Angst die Leute vor dem Winter haben.«
»Wenn unser Ofen kalt ist, nehmen wir den Kübel und reiten darauf zum Händler!«
»Was ist das für ein merkwürdiges Rätsel?«, lacht Dora.
»Als Kübelreiter, die Hand oben am Griff, dem einfachsten Zaumzeug, reiten wir die Treppe hinab, vorbei am staunend aufgerissenen Maul unserer Wirtin. Unten aber steigen wir auf in den silbernen Himmel, prächtig dahinfliegend quer über die dunkle Stadt hin zum Kohlenhändler.«
»Wir reiten zum Kohlenhändler? Wie auf einem fliegenden Teppich?«
»Der Mann wird aus seinem Keller herausstürzen und rufen, oh, unsere beste Kundschaft! Immer pünktlich bezahlt! Was darf es sein? Und schon beeilt er sich, unseren Kübel mit Kohle zu füllen, voll bis an den Rand, und noch eine Schaufel oben drauf. Nein, wir werden nicht frieren, ganz sicher nicht! Mit unserem Kübel reiten wir hin, wann immer es notwendig ist, und besorgen uns alles, was wir brauchen. Nicht auf dem fliegenden Teppich. Mit unserem wunderbaren Kohlenkübel reiten wir, liebste Dora.«
»Was du immer für Ideen hast! Komm, lass uns nach Hause gehen, zu unserem wunderbaren Kübel, und den Ofen heizen!«
»Ja«, erwidert Franz. Er sagt ihr allerdings nicht, dass seine Geschichte vom Kübelreiter, im vorigen Jahre geschrieben, als er Dora noch nicht kannte, gar kein gutes Ende nimmt: abgewiesen vom Kohlenhändler und dessen Frau, die ihn

gar mit der Schürze fortwedelt, fort aus dem Hof; nicht einmal eine Schaufel mit der schlechtesten Kohle, nur gefüllt mit ihrem Staub sozusagen, nicht einmal das ist zu haben für jemanden, der nicht sogleich bezahlen kann. Die Schürze der Frau scheucht den armseligen Reiter und seinen Kübel im Nu wieder fort und er steigt auf in die Regionen der Eisgebirge und verliert sich auf Nimmerwiedersehen.
»Wenn dieser schöne Herbst vorbei ist und die Kälte kommt«, sagt Franz, »haben wir, wenn der Kübel wirklich leer ist, immer noch viel Papier, um den Ofen anzuheizen.«
»Papier?«
»Einen Koffer voll Erzählungen, Notizen, Briefe. Die vielen tausend Seiten müssen zu etwas gut sein!«
»Deine Manuskripte willst du verbrennen?«
»Sie werden uns wärmen, Dora, sie werden uns in den kalten Nächten, die noch kommen, vor dem Erfrieren retten.«
»Aber . . .«
»Kein Aber, Liebste. Jahrelang habe ich vergebens versucht, mich an meinem Schreiben zu erwärmen. Doch Wärme wird es nur geben, wenn das Papier im Ofen landet.«
»Ich werde nichts verbrennen!«, sagt sie, fasst seinen Arm fester und beschleunigt den Schritt. Doch sie würde es sicher tun, wenn sie ihn damit auch nur eine Nacht lang retten könnte.

Wird sie erzählen, warum sie nicht gekommen ist gestern? Kafka beschleunigt seinen Schritt. Er glaubt, zwischen den Bäumen den blauen Kittel des Mädchens zu sehen. Eine Bewegung bei der Bank zwischen dem Rhododendron. Kein Wort darüber, dass er gestern vergebens gewartet hat. Sich gar selber den Puppenbrief vorgelesen hat. Der Wind bewegt die Zweige im Park. Ein kurzer Gruß für den Oberst, der seinen Weg mit Karo kreuzt. Keine Zeit heute für einen Schwatz. Behrens, der schon Anstalten macht, stehen zu bleiben, schaut Franz verwundert nach.

»Post für dich, Lena!«
»Was schreibt sie?«
»Mach den Umschlag auf.«
Das Mädchen zieht hastig das Blatt heraus. Sie tut, als wäre alles wie immer, als hätte es keinen Tag Pause gegeben zwischen ihren Treffen. Als Franz sich der Bank näherte, wo sie wartete, hatte sie ihm beinahe erwartungsvoll entgegengesehen. Kafka lächelte ein schiefes Lächeln. Ein Lächeln, wie er es immer seinem Vater gegenüber aufsetzte, vor vielen Jahren. Was für ein Schwächling der Sohn war, gänzlich unfähig für das Familienunternehmen und dessen niemals endende Sorgen.
Wie oft hat sich der stämmige Mann aufgeregt über den

Sohn! Wie oft hat er mit lauter, durch die Wohnung dröhnender Stimme gerufen: »Zu nichts zu gebrauchen!«
»Denk an deinen Blutdruck, Hermann!«, hatte Kafkas Mutter gesagt und dabei nicht etwa ihren schimpfenden Mann, sondern den Sohn vorwurfsvoll angesehen. Franz lächelte dann scheu und zog sich zurück in seine Kammer. Nicht den Vater reizen, nicht die Mutter ärgern, ihnen keinen Kummer bereiten. Sich unsichtbar machen. Am besten, sich in die Luft erheben, um den schwankenden Boden unter den Füßen nicht zu spüren . . .

Worte dringen an sein Ohr. Doch er hat nicht hingehört.
»Was hast du gesagt, Lena?«
»Heute bin ich ganz traurig!« Sie blickt zu Boden.
»Das brauchst du nicht, deiner Puppe geht es gut.«
»Ich will bei ihr sein. Kannst du das nicht machen, Herr Franz?«
»Ich weiß nicht, wo sie ist.«
»Frag den Briefträger! Der muss wissen, woher die Briefe kommen.«
Franz sieht unglücklich aus ob dieser Wendung der Dinge.
»Es ist ein kluger Briefträger. Er weiß, dass ich dir alles gebe und dir vorlese. Deshalb legt er sie in meinen Briefkasten. Auch heute steht wieder FÜR LENA drauf. Jedes Mal steht es drauf. Mehr nicht. Ich kann da nichts machen.«

Alles muss ich machen!«, schimpft Lena und setzt den Wassereimer, der viel zu schwer ist für sie, so fest auf die unterste Treppenstufe, dass das Wasser überschwappt. Eigentlich hat ja Kristina, weil sie schon zwölf ist, den Putzdienst auf der Treppe. Ihre Zimmergenossin hilft ihr dabei; das hat sich in den letzten Wochen so ergeben zwischen den beiden. Lena hat schon mal das Wasser vom Spülstein in der Küche geholt, während Kristina noch irgendwo im Haus herumgetrödelt hat.

»Du kannst froh sein, dass ich überhaupt noch da bin«, erwidert Kristina und taucht den Lappen in den Eimer. »Gestern waren Leute da! Ich habe gehört, wie sie mit Mutter geredet haben. Vielleicht adoptieren sie mich. Ich hab ihnen gefallen, haben sie gesagt.«

Lena, die mit dem Besen vorgegangen ist und die Stufen fegt, schaut zurück. Jetzt weiß sie, mit wem Mutter und Vater gestern im Flur gesprochen haben.

»Na und?«, sagt sie schnippisch. Sie mag aber gar nicht daran denken, dass Kristina fortgehen könnte. Sie fegt weiter die Treppe.

»Hast du wieder etwas von deiner Puppe gehört?«, will Kristina dann wissen.

»Nicht dauernd quatschen!«, ruft Frau Krall. Sie kommt die Treppe herauf. Die Mädchen sind noch nicht sehr weit ge-

kommen mit dem Putzen und Wischen des Treppenhauses. Sie treibt sie an, denn sie muss darauf achten, das es hier immer sauber und ordentlich ist, sonst gibt es Ärger mit dem Jugendamt.
»Vorwärts. In einer Stunde seid ihr fertig!«
»Ja, Mutter!«
»Erzähl doch!«, flüstert Kristina. »Wie war es heute mit dem schwarzen Mann?«
Heftig schwingt Lena den Besen. Sie will schnell fertig werden und auf ihr Zimmer gehen. Im Kittel verborgen ist die Postkarte mit einer Zeichnung: ein Kasperletheater auf einer Wiese. Kinder als Zuschauer. Ein Ballon im Hintergrund.

Später sitzen die beiden in ihrer Kammer auf dem Bett. Lenas Schlafanzug ist mit Fabeltieren, Einhörnern und Drachen bedruckt. Den haben ihr im vorigen Jahr wohltätige Damen geschenkt, die weihnachtliche Gaben im Heim ablieferten.
Sie zeigt der Freundin die Postkarte. Es steht nicht viel drauf: *Habe gar keine Zeit, Lena, muss gleich weiter. Der Puppenspieler wollte mich fangen und zur Prinzessin gebrauchen in seinem Theater. Das wollte ich nicht. Ich bin geflohen. Habe jetzt keine Zeit. Bald hörst du wieder von mir. Ich denke an dich.*
»Prinzessin?«, fragt Kristina gedehnt.
Lenas Mundwinkel zucken. Tröstend legt Kristina den Arm um die Jüngere.

In jüngeren Jahren ruderte Franz, damals Angestellter einer Prager Versicherungsgesellschaft, gerne auf der Moldau. Vom anderen Ufer her rief eines Tages ein Mann: »Fährmann, hol über!« Ohne zu zögern, steuerte er sein Boot zu der Stelle, wo der Mann stand. Der hatte ihn offensichtlich verwechselt und dachte sich auch nichts dabei, dass der vermeintliche Fährmann so gar nicht dem Bild des kraftvollen Ruderers entsprach. Doch der Gast brauchte sich nicht zu beklagen, denn dieser Fährmann gab sich die allergrößte Mühe und brachte ihn sicher ans andere Ufer. Ja, es schien sogar, als sei hier ein besonders geschickter und bemühter Steuermann am Werk, der den Fahrgast um jeden Preis zufriedenstellen wollte. Dieser bedankte sich vielmals und gab dem Fährmann drei Kronen, das war das Doppelte des üblichen Fahrpreises. Franz war glücklich, als er das Geld einsteckte. Oft erzählte er die Geschichte seinen Freunden, zeigte den Lohn vor: Man ist doch zu etwas nütze!

»Sie hat mich Herr Franz genannt!«, ruft er am Abend Dora zu, die Weintrauben in einer Glasschüssel wäscht. Er ist glücklich, er hat das »Fährmanngefühl«, er ist zu etwas nütze.

Dora lächelt ihm zu. »Sie hat die Puppe noch nicht vergessen?«, fragt sie nach.

Franz schüttelt den Kopf. »Trotzdem ist sie traurig, dass ihre Puppe auf eine Reise gegangen ist.«
»Aber du nimmst sie ja mit auf die Reise. Wo wird sie enden?«
»Noch weiß ich es nicht. Weißt du es, Wölkchen?« Er schaut zum Käfig hinüber. Zarte Laute kommen aus Franz' Mund, fremde Klänge, die er dem Vogel zuraunt; zaghaft und doch deutlich flüstert er karabontara, ka-ra-bon-tara. Wie ein Krächzen, ein Brummen, ein sanftes Auffordern dringt es aus seiner Kehle – so mögen die jungen Papageien in ihrem Urwaldnest sich bemerkbar machen. Die Laute werden stärker und schließlich ruft er voller Kraft in den dunkler werdenden Garten hinunter:
»Karabontara!«
Dora muss lachen.
»Was bedeutet das?«
»Nichts«, erklärt er fröhlich, »rein gar nichts. Es ist ein ferner Klang meiner Jugend. Karabontara hieß ein kleiner Vogel, den Ottla eines Tages nach Hause brachte. Wir haben für ihn diesen Namen erfunden, weil er so exotisch klang, nach Südsee, nach verwunschenen Wäldern mit Schlingpflanzen und Orchideen. Außerdem konnte Karabontara in vielen Betonungen ausgesprochen werden.«
»Gib zu, du hast diesen Namen erfunden, damit deine kleine Schwester das Aussprechen üben konnte.«
»Karabontara! Schau, auch deine Wolke kann mich verstehen, so aufgeregt ist der Kanarienvogel auf einmal. Endlich einer, der seine Sprache spricht. Außerdem gebe ich alles zu, ich war ein strenger Bruder, dem viel daran lag, dass seine kleinen Schwestern etwas lernen. – Jihee!«, schreit er mit ei-

ner lange nicht mehr gehörten Kraft in den dunklen Garten hinaus. Er, der, seit sich seine Krankheit verschlimmert hat, die Worte nur noch vorsichtig ausspricht, als hätte er Angst, sie anzufassen.

»Huhee! Iijee! Auf, Wolke, wecken wir die träge Menschheit!«, ruft er. »Karabontara! Jippi!«

»Jeije!« Dora versucht, seine komischen Laute nachzuahmen, doch sie muss dabei immer wieder lachen. Auf einmal schlägt etwas an die Türe.

»Herrschaften, ich muss doch sehr bitten!«, hören sie die keifende Stimme der Wirtin rufen.

»Die kleine Frau«, schreibt Franz in sein schwarzes Notizheft, bevor er sich an eine weitere Botschaft der Puppe macht – zwei oder höchstens drei noch, das sollte genügen, hat er zu seiner Freundin gesagt –, »ist mit mir sehr unzufrieden, immer hat sie etwas auszusetzen an mir, immer geschieht ihr Unrecht von mir, ich ärgere sie auf Schritt und Tritt; wenn man das Leben in allerkleinste Teile teilte und jedes Teilchen gesondert beurteilen könnte, wäre gewiss jedes Teilchen meines Lebens ein Ärgernis.«

Franz sitzt auf der Erzählbank und wartet mit geschlossenen Augen. Er hat ein paar Einkäufe gemacht und das Einkaufsnetz neben sich auf die Bank gelegt. Die Uhr schlägt eins, die Luft ist immer noch mild und er spürt, wie Licht und Schatten wechseln, wenn die Sonne hinter dahinziehenden Wolken verschwindet. Er lauscht dem Kindergeschrei von jenseits des Parks. Das Bild der Prager Teingasse taucht auf, durch die am Abend die Kinder vom Spielen nach Hause liefen. Einmal warfen sie ihm, dem einsamen Spaziergänger in der Dämmerung, einen roten Ball zu. Er sieht die lauten, schmutzigen Kinder, die von ihren Müttern in die Höfe der Hinterhäuser gerufen wurden, weil es bereits dämmerte; er hört, wie sie sich mit glühenden Backen die Abenteuer des Tages erzählen. Ein Gefühl der Sehnsucht und Vergeblichkeit bewegt sein Herz.

Und er denkt an die Kinder von Valli und Ottla und wie er die Ferien mit ihnen verbracht, ihnen vorgelesen und ihnen erzählt hat.

Er schlägt die Augen auf. Wind bewegt die Zweige und Blätter. Weiße Wolken treiben am Himmel.

Mit Dora spricht er nicht über den Tod, mit ihr trifft er keine Regelungen für den Fall der Fälle. Sie sind glücklich, sie leben von einem Tag zum anderen, es könnte immer so weitergehen, solange sich die Zeichen der Krankheit nicht mehren, solange sich die Symptome bekämpfen lassen und der Kampf gegen die Tücken des Alltags nicht verloren gegeben wird.

Heute kam ein Brief von seiner Mutter aus Prag; sie sorgt sich um ihn. »Eine Seele von Mensch«, nannte er sie gegenüber Dora, »aber sie kann mich nicht verstehen. Sie glaubt, ich müsste nur ein normales Leben führen – tue ich das denn jetzt nicht? –, heiraten, Kinder haben und vor allem mehr essen, zunehmen, dann würde die Krankheit verschwinden.«

Damit hatte die Mutter ja vielleicht sogar recht, denkt Franz. Und nichts wäre ihm lieber, als eine normale Familie zu haben. Aber nun ist es wohl zu spät.

»Was meinst du mit *zu spät*?«, hatte Dora gefragt, als sie vor einigen Tagen darüber sprachen.

»Zu spät eben, verdorben für ein selbstständiges Leben. Abgeschrieben, nutzlos . . . und dann auch noch Schriftsteller! Das ist einfach zu viel, meine Liebste!« Er brach in Lachen aus, zum Glück, denn Doras Miene zeigte schon die ersten Anzeichen von Erschrecken. Sie konnte es gar nicht ertragen, wenn er so redete.

»Ist eine Karte gekommen?« Lena steht plötzlich vor ihm, die Zöpfe fast noch fliegend vom Laufen, das Gesicht gerötet.

Er springt rasch auf. Er hatte nicht bemerkt, wie sie über die Wiese herbeigelaufen kam.

»Ich habe einen Brief bekommen! Setz dich zu mir!« Er denkt jetzt nicht mehr daran, sie nach ihren Eltern zu fragen, was er sich vorgenommen hatte. Sich zu erkundigen, wie sie lebt, denn er weiß ja nichts von ihr, so kommt es ihm vor. Er nimmt einen Apfel aus dem Einkaufsnetz und schenkt ihn ihr. Dann beginnt er zu lesen.

»Warum hat sie das getan?« Lena hält den angebissenen Apfel in der Hand. Mit großen Augen hat sie gehört, dass ihre Puppe in einen Ballonkorb gestiegen ist, der mit Stricken am Rande der Wiese festgemacht war.

»Warum ist sie da bloß eingestiegen?«, fragt sie.

Franz wiegt den Kopf. »Die Puppe kam auf ihrer Suche nach dem Wasserturm auf eine Wiese, wo der Zirkus Rabanelli sein buntes Zelt aufgeschlagen hat. Zirkusarbeiter trugen Bänke hinein, hinter dem Zelt hörte man das Wiehern eines Pferdes. Am Abend sollte die erste Vorstellung sein, aber schon jetzt am Nachmittag hatten sich Menschen dort versammelt. Ein Clown mit dicker roter Nase spielte auf einer Trompete. Der Ballon, auf dem ein Clownsgesicht aufgemalt war, sollte schon von Weitem zeigen, dass ein Zirkus in der Stadt war. Jedes Kind durfte in den Korb, wenn es wollte und wenn Mutter oder Vater es erlaubten. Der Mann vom Zirkus, der in einer bunten Zirkusuniform danebenstand, ermunterte sogar dazu, verteilte Reklamezettel und Freikarten an die Eltern, während immer ein Kind in dem Korb, der unter dem Ballon hing, hin und her schaukeln durfte.«

Lena starrt ihn an. »Und dann ist die Puppe eingestiegen«, flüstert sie.

»Ja, sie war sicher neugierig geworden und hat sich nach

vorne gedrängelt. Und dann hat der Mann in der Zirkusuniform sie auch einsteigen lassen.«
»Was ist dann passiert?«
Franz beugt sich über das Papier und liest weiter.
Der bunte Ballon bewegte sich über dem Korb immer heftiger hin und her. Er zerrte an den Stricken. Die Wimpel flatterten immer wilder. Der Korb sprang auf und ab, und ich spürte, dass ich ganz leicht wurde. Keiner hielt mich fest wie die anderen Kinder; kein Vater, keine Mutter achtete darauf, was mit mir geschah.
»Ich fliege!«, rief ich aus. Die Menschen wurden kleiner, die spielenden Kinder, die Bäume, die Häuser, das Zirkuszelt und die Zirkuswagen, die flatternden Fahnen, alles schrumpfte immer mehr. Welch lustige Bewegungen der Reklamemann vom Zirkus auf einmal machte! Wie er mit den Armen ruderte, wie er umhersprang! »Komm runter, Kind«, schrie er, »komm sofort wieder runter!«
Franz lässt die Karte sinken. Hier träumt er einen Traum vom Fliegen, lässt die Reisepuppe in die Luft steigen, um sie noch weiter hinaus in die Welt zu schicken.

»Geht es nicht weiter?«
Das Mädchen hat sein enttäuschtes Gesicht aufgesetzt. Franz kennt es schon, wenn ihre Mundwinkel sich nach unten ziehen, wenn die Unterlippe zuckt; wenn ihre Augen groß und rund werden mit dem zornigen dunklen Grund. Es sind nicht die Augen eines Kindes, wie er Dora gegenüber bemerkt hat, nicht der Blick einer Sieben- oder Achtjährigen. Dann gehört sie noch mehr zu jenen Kindern, deren Alter man nicht schätzen kann, bei denen man

schon ganz früh erkennt, wie sie später einmal aussehen werden.
Ehe sie zu weinen anfängt, sagt der Dichter schnell hinter seinem Taschentuch hervor, das er sich zum Schutz vorhält, weil ihn ein Husten schüttelt: »Die Briefeschreiberin ist heute müde von all den Erlebnissen dieses Tages.«
»Ist sie wirklich weg?« Die Uhr vom Steglitzer Kirchturm schlägt zwei Mal. Das Mädchen dreht sich um. Enttäuscht, scheint es ihm.
»Sie wird wieder zurückkommen«, sagt er.

Er tritt unter den Bäumen hervor. Schnell wie der Blitz ist sie von der Bank gesprungen und über die Wiese davongelaufen. Er kann ihr nicht folgen, er kommt zu schnell außer Atem und muss stehen bleiben.
»Warte!«, hatte er ihr nachgerufen. »Bis morgen!«
Hat sie ihn gehört?
Zwischen den Ästen glitzern Spinnweben. Er spürt Wärme auf der Stirn. Dieses Mädchen sollte nicht unglücklich werden im Leben, wünscht er sich. Keine Zurechtweisungen, keine zu engen Grenzen beim Entdecken der Welt. Keine Gewichte, keine Traurigkeit, keine Schatten. Die Puppengeschichte muss auf jeden Fall eine Geschichte sein, die gut ausgeht. Leicht und schwerelos wie der Ballon, der sich über alles hinweghebt. Das Kind muss seine Puppe auf seine Reise gehen lassen, denkt er.

»Karo! Mein Guter!«
Kafka streichelt den Hund, schwankt, als er sich aufrichtet, und kann sich gerade noch fangen.

»Ist Ihnen nicht wohl, mein Herr?«, fragt Behrens mit besorgter, fast weicher Stimme. Er fasst Kafka am Arm, um ihn zu stützen.
»Nein, es ist nichts, vielen Dank.«
»Wirklich?« Behrens lässt Kafka vorsichtig wieder los.
»Ja, vielen Dank der Nachfrage. Karo, was hast du da?«
Dieses Mal ist es ein größerer Fetzen Stoff mit einem zerbissenen Kopf, den der Collie im Maul hat. Er schaut Kafka erwartungsvoll an und lässt sofort los, als Kafka daran zieht.
»Dieser Hund ist furchtbar! Schon wieder beglückt er Sie mit irgendeinem Zeug, das er gefunden hat.«
»Danke, Karo.« Der Stoff verschwindet in Kafkas Manteltasche.
»Seien Sie nur vorsichtig mit Ihrer Gesundheit«, mahnt Behrens. »Wie leicht holt man sich bei dieser unnormalen Wärme eine Infektion.«
»Ja«, sagt Kafka, »man muss wachsam sein, sonst holen einen die Gespenster ein.«
»Gespenster?«
»Eine Metapher. Ein Bild für die Gefahr in diesen Zeiten, wenn Sie so wollen.«
»Ja, da haben Sie völlig recht. Ein Dichter hätte es nicht besser ausdrücken können«, sagt der Oberst und entlockt Kafka ein feines Lächeln »Haben Sie von den neuen Straßenschlachten im Zentrum gelesen?«
»Ich vermeide es, an schlechte Nachrichten zu denken. Ich ertrage es nicht.«
»Da tun Sie gut daran, Herr Doktor. Die Demokratie ist keine gute Staatsform für die Deutschen. Wenn jeder mitreden

kann, gerät alles aus den Fugen. Aber wozu sich aufregen. – Sie wollen gehen, mein Herr?«

Kafka nickt, blickt höflich und freundlich.

»Ja, ich werde erwartet. Auf Wiedersehen, Herr Behrens!«

»Auf Wiedersehen, Herr Dr. Kafka!«

Zu Hause erwarten Franz zwei Briefe. Einer kommt von Ottla. Sie schreibt, dass sie so bald wie möglich ihren Bruder in Berlin besuchen wird. Franz freut sich, tanzt durch die Wohnung, umarmt Dora.

»Bald kommt Ottla, Liebste! Wir werden ihr zu Ehren ein Fest geben, wir werden Lampions aufhängen, du wirst Torten backen, wir werden die Nächte hindurch reden!«

Auch Dora freut sich, sie mag Kafkas Schwester schon jetzt, auch wenn sie sie noch gar nicht kennengelernt hat.

Der andere Brief kommt vom Verlag Kurt Wolff und erklärt nach den einleitenden Floskeln: »Ihre Bücher, lieber Herr Dr. Kafka, erzielen keinen nennenswerten Absatz mehr. Daher muss das Konto geschlossen werden. Wir nutzen die Gelegenheit, zum Ausdruck zu bringen, dass die Geringfügigkeit des Absatzes Ihrer Bücher uns die Freude an deren Zugehörigkeit zu unserem Verlag in keiner Weise mindert.«

Franz lacht auf.

»Was hast du?«

»Das Konto wird geschlossen. Als wenn es je geöffnet gewesen wäre.«

»Ich verstehe nicht . . .« Dora legt das Buch weg, in dem sie gelesen hatte, und blickt Franz fragend an.

»Es ist nichts. Nichts, was ich nicht erwartet hätte. Ich werde

in diesem Leben kein Exemplar mehr verkaufen. Aber vielleicht ist das gut so.«
»Ist es dir denn gleichgültig, was aus deinen Büchern wird?«
»Nein.«
»Warum soll es dann gut sein?«
»Es geht ja nicht ums Verkaufen. Es geht ums Schreiben. Ob es gut ist. Das allein zählt.«
»Komm zu mir, Franz.«
Er setzt sich zu ihr. Sie legt den Arm um ihn. Er bettet den Kopf auf ihre Schulter. Nach einer Weile sagt er:
»Ich muss noch einen Brief schreiben.«
»Später, Franz. Ruh dich noch etwas aus.«
Dora hindert ihn daran, aufzustehen.
»Aber ich fühle mich gut. Und im Haus ist es ganz still. Die Vermieterin rumort nicht, wo man doch sonst ihre Blicke durch die Wand spüren kann. Jetzt schläft die arme Frau voller Erschöpfung, weil sie wieder unter diesen zweifelhaften Ausländern leiden musste. Diese Zigeuner mit ihrem sündigen Zusammenleben! Mit ihrer wilden Ehe!«
»Bitte, Liebster, leg dich doch ein bisschen hin.«
Dora kann ihren Freund nicht überreden, da steht er schon auf, setzt sich an den Tisch vor sein Papier, dreht die Lampe höher.
»Du bist wirklich dumm!«
»Wie du unter mir leiden musst, du Arme!«
»Ja, sehr!« Sie tritt zu ihm hin und umarmt ihn. »Ich bring dir Tee.«
»Bisher ist es noch nicht gelungen, etwas zu schaffen, das Bestand hat.«

Dora sieht ihn an. Er spricht in letzter Zeit öfter über sein Schreiben und wie nutzlos das alles ist. Sie hat in den letzten Tagen einige Erzählungen von ihm gelesen, darunter »Die Verwandlung«, eine seiner ersten Veröffentlichungen. Ob es nötig sei, einen armen Handlungsreisenden in einen Käfer zu verwandeln, hatte sie ihn gefragt. Das hat ihr Angst gemacht. Sie will nichts wissen von Unglücklichen, die sich in Ungeziefer verwandeln, von jungen Menschen, die sich, von unheimlichen Kräften verfolgt und getrieben, in den Tod stürzen, weil der arme kranke Vater sie dazu verurteilt hat; oder von Sträflingen, denen eine Egge das Urteil blutig in den Rücken schreibt.

»Ja, es ist ganz schrecklich«, hatte er gesagt, als sie versuchte, mit ihm über seine Erzählung »In der Strafkolonie« zu sprechen.

»Aber du hast es doch selbst geschrieben. Warum schreibst du so etwas?«

Er lächelte, nahm ihre Hand, streichelte sie sanft.

»Du bist wie Ottla«, sagte er. »Sie braucht mein Schreiben nicht.«

»Aber . . .«

»Nein, kein Aber. Es ist gut so. Kein Mensch will es lesen und kein Verlag hat einen Pfennig an mir verdient. Da fällt mir ein . . . beinahe hätte ich es vergessen . . .« Damit ist er aufgestanden und geht zum Mantel, der am Haken im Flur hängt. Er kommt mit dem großen Stofffetzen zurück.

»Was bringst du da?«

»Der Collie, von dem ich dir erzählt habe, hat es im Gebüsch gefunden.«

»Wieder ein Stück von der Puppe?«

»Ich fürchte, ja.«
»Sehen wir es von der guten Seite.« Dora untersucht das Teil. »Da sind noch Reste von den Beinen dran; auch den Kopf kann man reparieren. Die Augen fehlen und die Haare.«
»Ach, hör auf, Dora. Lass uns das Zeug lieber fortwerfen!«
»Nein, meine Neugier, ob ich das schaffen kann, ist jetzt geweckt. Und mein Ehrgeiz.«

Die Kinder wollen heute beim Abendessen den Mund nicht halten, soviel Mutter Krall auch schimpft. »Ruhe, verdammt noch mal!«, ruft sie. »Wie oft soll ich noch sagen, dass ihr beim Essen stillsitzen sollt!«
Als sie nicht aufhören, wird es ernst.
»Ich gebe euch in die staatliche Fürsorge!«, schreit Mutter Krall. Damit droht sie manchmal. Keines der Kinder weiß genau, was das ist, aber dass es sicher ganz schlimm sein muss, denken alle.
»Sie dürfen uns gar nicht bestrafen«, sagt Kristina trotzig. Lena macht ihr noch schnell Zeichen. »Hör auf, sei still!« Sie ahnt, was kommt.
»Was darf ich nicht?«
»Sie sind ja nicht unsere richtige Mutter!«
Oh weh, das hat gesessen! Frau Krall springt zornig auf, packt die zwei Mädchen und zerrt sie auf ihr Zimmer.
»Ich will euch heute nicht mehr sehen! Licht aus!«

Jetzt sitzen sie im Dunkeln. Lena fischt unter dem Bett nach ihrem Geheimversteck. Es ist eine Zigarrenkiste. Neben Steinen, Schnüren, Bändern und den Puppenbriefen sind auch ein Kerzenstummel und Streichhölzer darin.
»Die darf uns nichts tun!«, sagt Kristina erbittert.
»Aber sie hat uns noch nie was getan.«

»Aber wenn sie so redet! Ich wünschte, die Leute würden mich wegholen.« Die Enttäuschung schwingt in ihrer Stimme mit.
Die Kerze brennt. Die Gesichter der Mädchen als helle Flecken in der Dunkelheit. Zum Schlafen ist es viel zu früh. Sogar die kleineren Kinder dürfen mindestens noch eine Stunde in der Küche bleiben und »Mensch ärgere Dich nicht« oder »Fang den Hut« spielen.
Lena erzählt von dem neuen Brief. Sie hat alles im Kopf. Kristina unterbricht sie nicht, macht keine Bemerkungen mehr. Nein, danach ist ihr jetzt nicht. Lena kann gut erzählen, das weiß die Ältere. Sie hat sich schon so manches Mal über die Fantasie ihrer Zimmerkameradin gewundert. Was der alles einfällt! Und jetzt schildert sie, wie die Puppe sogar in einem Ballon durch die Luft fliegt! Wie erst ein Windstoß den Reklameballon losgerissen hat und ihn dann auf eine Luftkutschenreise über die Stadt hinweg, über die Felder und Wälder, über das Grün der Wiesen, über die blauen Seen und Flüsse geschickt hat. Wie die Fliegerin gar nicht erschrocken war, sondern es großartig fand; und dass sie keine Angst hatte, sondern große Lust auf einmal, immer weiter und weiter zu fliegen. Wolken und Luftgeister begleiteten sie, Sonnenstrahlen wärmten, der Clown auf dem Ballon über ihr lachte ihr zu, als wollte auch er sie dazu ermuntern, das Abenteuer fortzusetzen.
»Du bist im Garten der Winde, dort der Ostwind, hier der Westwind«, rief der Clown der Puppe zu. »Gleich kommt der Südwind und der kalte Wind aus dem Norden dazu. Halte dich gut fest! Die Winde, sie spielen miteinander und mit allem, was ihnen hier oben in den Weg kommt. Mit den Wolken, mit den Regentropfen, mit

den Schneeflocken und jetzt kommt ein besonders schönes Spielzeug geflogen!«
»Halt!«, schrie die Puppe, als der Luftkahn heftig zu schaukeln begann.
»Macht es dir keinen Spaß?«, riefen die Luftgeister, die sich den bunten Ballon mit dem Korb daran zuwarfen.
»Ja, es ist schön, so mit euch zu spielen. Aber bitte lasst mich, ich will nach Hause!«
»Wo ist das?«
»Am Park beim Wasserturm.«
»Kennen wir nicht. Komm, wir schlagen noch einen Purzelbaum, und sieh nur, die wilden Gänse dort und der Adler, und wie sich alle von uns dahintragen lassen. Und nun der Regenbogen. Sieh nur, wie schön er ist! Warum willst du nicht bei uns bleiben und mit uns spielen?«
Und weiter ging es, erzählt Lena, weiter über das ganze Land und über das Meer und über den Himalaja bis nach China und Amerika.
»Immer waren die Luftgeister dabei, die sie beschützt haben«, sagt sie dann, schon müde und schwer vom vielen Reden, denn ihre Erzählung dauerte bestimmt eine halbe Stunde.
Dann schlafen die Mädchen ein.

»Wo bist du, Puppe?«, flüstert es.
Das Mondlicht macht das Blatt nur ein bisschen weiß, die krakeligen Striche sind kaum zu erkennen. Licht kann Lena nicht machen im Zimmer, das geht nicht, das kann Mutter sehen, wenn sie auf ihrem Kontrollgang über den Flur geht. Und wehe, Mutter kommt heute Nacht etwas verdächtig

vor! Mit einem Ruck würde sie die Türe der winzigen Kammer aufreißen. Was ist hier los! Mit einem großen Schritt ist sie im Zimmer. Hab ich euch nicht schon tausend Mal gesagt . . .! Ja, Mutter, nein, Mutter, wir tun es nie wieder! Weg mit den Decken, so schnell könnte sie die Briefe gar nicht unters Bett in das Geheimversteck bringen! Was ist das? Wo hast du das her? Her damit!
Lena kennt die Mutter, Mutter war immer schon da, Lena ist schon so lange in diesem Haus, fast solange sie denken kann. Sie kennt jedes Geräusch und jede Schwingung, die über die Zimmer und durch den Flur weht.
Leise, leise, leuchte, Mond, leuchte stärker, damit ich sehe, wo meine Puppe ist.
»Wo bist du?«, flüstert es in dem dunklen Zimmer. Ein Spruch in der Dunkelheit, um sich Mut zu machen. Das hat immer geholfen, damit kann man gegen böse Geister kämpfen; das hat sie mit Kristina so oft gemacht und das geht auch, wenn man ganz allein ist. Sagen, was einem einfällt. Reden, flüstern, leise singen und summen gegen die gefährliche Stille. Einen Schutzwall bilden gegen die Gespenster der Dunkelheit.
Die Augen des Mädchens blinkern zum Fenster hin. Augen auf, Augen zu. Sie hält die Blätter fest in der Hand.
»Spakka, Kakka, Mira,
Puppe in Amerika?«
Plötzlich fällt es ihr auf. Mira? Warum ist ihr dieser Name eingefallen?
Keine Ahnung, der war einfach da.
Ein Rasseln am Ende des Flurs. Eine Uhr schlägt. »Ein Mal«, zählt das Mädchen, »zwei Mal, drei Mal, vier Mal, fünf Mal,

sechs Mal, sieben Mal, acht Mal, neun Mal, zehn Mal und noch ein Mal.« Das Stundenzählen ist ihr zur Gewohnheit geworden. Bevor sie mehr als fünf Wörter lesen konnte, konnte sie bis zehn zählen. Es ist wichtig, dass sie das kann, denn der Tagesablauf im Heim bei Mutter ist nach der Uhr geregelt. Wenn es am Mittag zwei Mal schlägt von der Steglitzer Kirche herüber, muss sie sich beeilen.
Jetzt ist es Nacht, das Licht ist aus. Kristina schläft. Vielleicht kommt morgen jemand und holt die Freundin ab.
Nein! Das darf nicht sein!
Was wird dann mit ihr?
Sie lauscht.
Stimmen in der Nacht. Stimmen in ihrem Kopf.
Ach, so ein braves kleines Mädchen! Wie heißt du, meine Kleine?
Mach einen Knicks, Lena, sei schön artig zu den Leuten!, hört sie Frau Krall sagen. Mach mir keinen Kummer, Lena.
Fort von hier, fort von Kristina, fort von Mutter?
Ich will aber vielleicht nicht mit, das gefällt mir nicht.
Ein Hund bellt, ein Vogel schreit im Traum, ein Kratzen, ganz nah. Das Mädchen fährt hoch, starrt zum Fenster. »Bist du das, Puppe? Heißt du jetzt Mira? Bist du zurück aus Amerika?«
Nichts. Kahle Zweige bewegen sich vor dem Glas. Einer klopft an die Scheibe, als wollte er ihr etwas sagen. »Mira? Ist das dein Name?« Eine große Wolke zieht vor dem Mond vorbei wie ein Segel, bläht sich rund wie ein Ballon. Wirft einen Schatten ins Zimmer. Das Mädchen richtet sich noch mehr auf, lauscht abermals. Was ist das? Der Wind? Musik? Es ist, als trüge der Wind Musik ans Fenster. Von weit, weit

her. Tausend Kilometer weit. Eine Zirkusmusik von einer Zirkusorgel mit glänzenden Pfeifen? Passiert etwas? Was wartet auf sie? Kristina schläft, sie merkt nicht, wie Lena aufsteht, ans Fenster geht. Die Hintertreppe, der Hof im bleichen Mondlicht. Sie lauscht angestrengt, summt. Sie will wach bleiben, aber die Augen sind schwer geworden, so schwer. Der Mond, die Wolken, der Ballon mit dem Segel, der über die Erde zieht. Sie muss der Musik lauschen, die sie in ihrem Kopf hört. Die Uhr in der Wohnung schlägt wieder. Die Zweige erzittern, Staub fällt vom Glas der Scheibe. Ein Schritt im Flur?

»Wo bist du, Mira?«

»Es wird bestimmt alles gut werden, Lena«, sagt Franz heute, an einem Sonntag im Oktober, wo Familien sich im Park vergnügen. Wo Herren in schwarzen Anzügen und runden Hüten sich ergehen und Damen in geblümten Kleidern, bunte Bänder und künstliche Blumen auf den breiten Krempen ihrer Hüte, die Kinder im Blick haben, die auf den Wiesen umhertollen. So manch verwunderter Blick trifft den schwarzen Mann und das Mädchen, die abseits auf ihrer Bank zwischen dem Rhododendron sitzen.

So manche Frage mag gestellt werden, was dieser feine, hagere Mann, der da in gekrümmter Haltung mit aufgeknöpftem Mantel auf der Bank sitzt, seiner kleinen Tochter wohl zeigt, die so gespannt ihm zugewandt ist.

»Sie kommt nicht mehr zurück? Nie mehr?« Das Mädchen mit der Kittelschürze stellt immer wieder die eine Frage. Dabei schwingen Zweifel in ihrer Stimme mit.

»Das weiß ich noch nicht. Ich glaube, sie wird noch ein paar Tage unterwegs sein, denn das Reisen macht ihr Spaß. Hier, sieh nur, was sie gemalt hat.« Der schwarze Mann zieht mehrere Karten aus dem Umschlag mit der Taubenbriefmarke darauf.

»Ist das der Ballon? Der sieht aber komisch aus.«

»Wieso?«, fragt Franz. Er hat sich die größte Mühe gegeben mit dem Zeichnen.

»Als hätte er zu wenig Luft. Als würde er abstürzen!«

»Keine Sorge, es ist alles gut.«

»Was ist das hier?« Lena deutet auf allerhand grünes Geschlinge unten auf dem Bild.

»Das ist das Land, über das sie hinwegfliegt. Es ist wie ein großer Garten.«

»Das schreibt sie?«

»Ja.«

Sie hält sich das Bild dicht vor die Augen.

»Sind das Riesenbäume?«

»Ja, und auf den Ästen sitzen Tiere, die sie noch nie gesehen hat!«

»Sieht so Amerika aus?«

»Amerika?«

»Vielleicht wird sie da landen. Oder in China«, sagt Lena eifrig.

»Das kann sein.«

»Oder in der Wüste. Dann wird sie auf Kamelen reiten oder mit den Kindern dort spielen. Sie wird nie müde, es geht immer weiter und weiter. Jeden Tag bis Weihnachten kommt ein Bild oder eine Karte oder ein langer Brief.«

»Sie hat dich lieb, schreibt sie.«

»Dich hat sie bestimmt auch lieb.«

Franz lächelt. »Sie kennt mich nicht. Sie schreibt mir bloß, damit ich dir das gebe oder vorlese. Wenn du mir sagst, wo du wohnst, kann sie direkt an dich schreiben.«

»Ich kann nicht gut lesen.«

»Das glaube ich nicht. Außerdem kann man dir zu Hause vorlesen. Deine Geschwister, deine Eltern . . .«

»Nein, du sollst vorlesen!«

»Sag mir, wo du wohnst.« Lange hat er gewartet mit dieser Frage.
»Da.« Sie zeigt kurz und unbestimmt in eine Richtung.
»Wo?«
Das Mädchen geht nicht darauf ein. »Kommt morgen wieder ein Brief?«
»Ja«, sagt Franz. Noch einen Brief will er bringen, in dem vielleicht geschildert wird, wie die Puppe in die Schule geht und dort lernt wie alle anderen Kinder. Das hat er so geplant, das hat er auch seiner Freundin gesagt. Noch ein, zwei Abschnitte in möglichst humorvoller Form über eine Schulzeit schreiben, damit seine kleine Zuhörerin vorbereitet wird auf den Ernst des Lebens, so hat er es sich ausgedacht.
»Die Puppe heißt Mira!«, ruft Lena unvermittelt aus.
»Mira? Wie kommst du darauf?«
»Hab ich geträumt.«
»Ein schöner Name. Er kommt von Miranda, das heißt die Wunderbare.«
Es schlägt zwei Mal vom Steglitzer Kirchturm.

Kafka sieht den Diabolo-Spielern zu. Wie die Kinder das rasend sich drehende Spielzeug mit ihren Schnüren in die Luft schleudern und wieder auffangen. Lena ist Schlag zwei zwischen den Bäumen verschwunden. Franz hatte für einen Augenblick seine Schritte beschleunigt, um das Mädchen einzuholen, dann hat er es wieder aufgegeben.
Nun steht er an die Platane gelehnt, den Kopf leicht zur Seite geneigt, und atmet schwer. Einige Schritte neben den Spielern macht ein Vater einen Drachen fertig zum Aufsteigen.

Die Kinder können es kaum erwarten, bis die Schnur ausgerollt ist, bis der Vater den riesigen roten Drachen hoch in den Wind hält und das Zeichen gibt. Dann endlich kann der größte Junge mit dem aufgewickelten Ende der Schnur in der Hand loslaufen, der Drachen schwingt sich flatternd auf und zeichnet eine rote Spirale in die Luft.

Das Taschentuch vor den Mund gepresst, geht Franz langsam weiter. Lena ist verschwunden und sie wird, so hofft er, nun mit roten Backen und leuchtenden Augen die Stiege hinaufgeeilt sein, um ihrer Familie zu erzählen, wie es weitergegangen ist mit ihrer Puppe, die ein neues Leben angefangen hat.

Ja, so wird es sein, denkt er, und man wird ihr zuhören.

Vater und Mutter werden verstehen, dass die Welt der Puppe, die jetzt Mira heißt, auch Lenas Welt geworden ist. Doch, fragt er sich, wird man das Mädchen nicht ausforschen nach demjenigen, der ihr die Briefe der Puppe vorliest? Was wird man denken?

Doch nichts zeigt ihm an, dass das Mädchen irgendwelche Schwierigkeiten hat, denn wie selbstverständlich erschien sie auch heute im Park; keine Unruhe in ihren Augen, außer der Neugierde, wie es mit ihrer Puppe, oder besser, wie es mit der Geschichte wohl weitergehen mag. Dennoch verspürt Franz, der sich nun etwas erholt hat von den Anstrengungen dieses Tages, eine kleine Beunruhigung. Ja, er wird nur noch einen Brief schreiben.

Keiner soll in dieser Schule Angst haben müssen, in die er die Puppe schicken wird, wenn sie am Ende der Reise ange-

kommen ist. Nicht so wie er selber vor mehr als dreißig Jahren. Damals brachte die Köchin der Familie, eine magere, aber zähe Frau, den Knaben Franz hin zur »Deutschen Knabenvolkshochschule«, wie die Anstalt einige Straßen von der elterlichen Wohnung entfernt hieß. Verzweifelt wehrte er sich jeden Morgen, sträubte sich mit aller Kraft, klammerte sich an einer Mauer, an einem steinernen Vorsprung oder an einer Dachrinne fest, während sie ihn mit sich zerrte. Noch heute sieht er den zornigen Ausdruck im Gesicht der Köchin vor sich und wie sie auf den Boden stampfte, Drohungen ausstieß: »Ich werde dem Direktor alles erzählen, dann fliegst du von der Schule! Ich möchte nicht in deiner Haut stecken, wenn das dein Vater erfährt!«
Doch Franz hielt sich mit letzter Kraft am Rock der Frau fest. Aber es half ja alles nichts, er wurde jeden Morgen am Schultor abgeliefert und nie wurde die Drohung der Köchin in die Tat umgesetzt. Trotzdem wurde sie am nächsten Tag wieder ausgesprochen und hing von Neuem den ganzen Tag über Franz wie ein Fallbeil . . .
Nein, das darf man nicht machen, denkt er jetzt, hier im Steglitzer Park, man darf die Kinder nicht diesen dunklen, unklaren Drohungen aussetzen, die das ganze Leben lang wie schwere Gewichte an ihnen hängen werden und die man nur schwer abschütteln kann. Wie lange man dazu braucht, das alles zu durchschauen!

Franz eilt nun schnellen Schrittes über die Wiese zurück zum Weg. Lena ist schon längst am anderen Ende des Parks verschwunden.
Beinahe hätte er den Gruß des Oberst überhört, der seinen

Hund heute straff an der Leine hält und bei dem Doktor Kafka die neuesten schlechten Nachrichten loswird, über das Kabinett Stresemann, das wieder nur notdürftig geflickt werden konnte. Wie viele Tage es wohl noch dauert, bis der ganze Staat auseinanderbricht? Und dass die Polizei in der Nacht schon wieder mit starken Einsatzkräften gegen die Kommunisten vorgegangen ist und es dabei Tote und Verwundete gegeben hat.

»Herr Dr. Kafka, mir scheint, Sie sind heut nicht recht bei der Sache«, sagt Behrens.

»Entschuldigen Sie«, sagt Kafka leise.

Später lächelt Kafka, als der Oberst sich endlich wieder von ihm verabschiedet hat. Seine Unaufmerksamkeit hatte der Oberst wohl falsch gedeutet; der hatte sich bemüht, ihm Zerstreuung anzubieten. Er müsse sich unbedingt vor seiner Abreise noch den neuesten Chaplin-Film »The Kid« ansehen, der bald in den Kinopalast am Zoo kommt. Das werde ihn auf andere Gedanken bringen, hatte er eifrig erklärt. Kafka wollte mehr darüber wissen, denn an Filmen war er immer interessiert gewesen. Er erinnert sich, dass er vor zwei Jahren zum letzten Mal in Prag im Kino war. In »Shiwat Zion« – Rückkehr nach Zion, einem Film über die Aufbauarbeit in Palästina. Das Kino als Ersatz für ein Leben, das man nicht haben kann, ein Stoff, aus dem man seine Träume speisen kann, hat er erklärt, als die ersten Stummfilme aufkamen und er zusammen mit Freunden die Streifen »Die weiße Sklavin«, »Der galante Gardist« und »Der großmütige Arzt« gesehen hatte.

Charlie Chaplin soll in Berlin sein, erzählte ihm der Oberst.

»Er besucht die Arbeiterviertel im Norden der Stadt, unterhält sich mit einfachen Leuten, trinkt Bier mit ihnen. Und einmal, stand in dem Artikel, soll er die Droschke angehalten haben, um spielenden Kindern zuzusehen und ihren Hund zu streicheln.«

Der Tramp und das Kind! Dieses Thema gefällt Kafka. Er will Dora davon erzählen. Er ist sicher, dass er bald mit seiner Freundin ins Theater am Zoo gehen wird, denn weit weg ist in diesem Augenblick der Gedanke, dass er bald, wenn »The Kid« dann monatelang vor ausverkauftem Hause spielen wird, das Bett wegen seiner Krankheit kaum noch verlassen kann.

Seine gute Laune ist dahin, als er in seine Straße einbiegt. Die Hauswirtin kehrt Blätter vom Bürgersteig. Ihre ganze steife Haltung drückt Misstrauen aus. Dabei schwingt sie den Besen, als müsse sie großes Leid ertragen, je näher ihr Mieter kommt.

Er spürt ihren stechenden Blick im Rücken, während er die Treppen hinaufeilt. Und er hört noch ihre spitze, vorwurfsvolle Stimme, mit der sie ihm nachruft:

»Sie haben Besuch, Herr Kafka!«

Er kommt vorerst nicht dazu, Dora vom geplanten Besuch im Chaplin-Film zu erzählen. Denn sie stellt ihm gleich, als er die Wohnung betritt, einen etwa dreißigjährigen, ernst wirkenden Mann vor.
»Das ist ein Bekannter unserer Familie – Dr. Ehlers. Ich habe dir von ihm erzählt, Franz.«
»Hast du?«
»Ja, natürlich, Lieber. Dr. Ehlers ist Assistenzarzt im Jüdischen Krankenhaus. Er wird dich untersuchen.«
Kafka hat das weggeschoben. Er kann sich gar nicht erinnern, dass sie ihm von einem Arzt erzählt hat. Der Mann tritt sofort dicht an ihn heran, die medizinischen Instrumente bereits zur Hand.
»Wollen Sie bitte den Mund aufmachen?« Er sagt es höflich, doch so, als sei kein Widerspruch möglich. Ein gespielt hilfloser Blick von Franz zu Dora hin. Sie lächelt ihm aufmunternd zu.
»Gut, ich spiele mit«, sagt Kafka. Er kommt sich vor wie auf der Theaterbühne.
Dr. Ehlers, der sofort mit der Untersuchung beginnen will, erkennt, als er die Mundhöhle des Patienten ausleuchtet, weißliche Ablagerungen, Krusten, blasse Schleimhäute. Der Dichter würgt, als der Holzspatel noch weiter in den Rachen fährt. Es ist notwendig, die Verdickungsherde am Kehlkopf

genauer zu untersuchen, darauf zu achten, ob die Stimmbänder bereits von Ödemen befallen sind.
»Hm, hm«, macht der Arzt, als er die kleine Untersuchungslampe ausmacht.
Kafka lehnt sich scheinbar lässig ans Fensterbrett, verschränkt die Arme und sieht den Arzt lächelnd an. Es sieht aus, als würde dieser Patient den Arzt bemitleiden wegen der schweren Aufgabe, der er sich hier unterziehen muss. Als sei der Arzt derjenige, dem man helfen müsse, und der Kranke nur eine Art Zuschauer oder Darsteller, der gewissermaßen für einen anderen den Mund zur Untersuchung geöffnet hat.
»Ich danke Ihnen, Herr Doktor, dass Sie Ihre Zeit und Ihr Können an mich verschwenden.«
Die Miene des Arztes bleibt nüchtern und unbewegt.
»Wenn Sie bitte noch den Oberkörper frei machen wollen«, sagt er sachlich.
»Ist das wirklich notwendig?«
»Franz, bitte!«, drängt Dora, die dabeisteht und unruhig ihre Hände knetet.
»Ich frage mich, ob auf diese Weise geholfen werden kann?«
»Wie meinen Sie das?«, fragt der Arzt, als sei er nun doch etwas aus seiner medizinischen Routine gerissen worden.
»Wenn es sich um eine psychische Ursache dieser Krankheit handelt, so werden die üblichen Mittel dagegen versagen«, sagt Kafka. »Aber das werden Sie als Arzt ja wissen!«
»Franz!« Doras Ton klingt, als wäre es ihr peinlich, wie er die Bemühungen ihres Bekannten aufnimmt.
»Ich wurde von Fräulein Diamant gebeten, Sie zu untersuchen. Nichts anderes habe ich vor«, erwidert Dr. Ehlers kühl

und sachlich. »Und mir scheint keineswegs, dass es sich bei Ihnen um eine psychische Erkrankung handelt.«

»Ich rede auch nur von der Ursache, Herr Doktor, nicht vom Erscheinungsbild.« Kafka strafft sich etwas. »Entschuldigen Sie bitte vielmals. Ich versuche nur, mit meinen dummen Bemerkungen meine Unruhe zu überspielen. Bitte machen Sie weiter mit Ihrer Untersuchung.«

»Wenn Sie es wünschen, bitte.«

Kafka entledigt sich des schwarzen Rocks, der Krawatte, des weißen Hemds, des wollenen Unterhemds, faltet alles ordentlich, legt die Kleidung über den Stuhl. Dabei weist er mit einer freundlichen, aber bestimmten Geste Doras Hilfe zurück.

Der magere Oberkörper des Patienten wird abgehorcht und abgetastet und Kafka lässt alles geschehen.

»Sie werden sicher festgestellt haben«, bemerkt er, »dass es mit meiner Atmung nicht zum Besten bestellt ist. Dass die Lunge, wenn man so sagen will, nur mit halber Kraft arbeitet.«

Schweigend steckt der Arzt sein Stethoskop in die Tasche zurück.

»Wie steht es mit dem Appetit?«

Statt einer Antwort bittet Franz seine Freundin, ihm doch ein Stück von der Ananas zu geben, die sie in einer Glasschale angerichtet hat. Die Untersuchung habe ihn hungrig gemacht. Herzhaft beißt er in die geschälte Frucht, die Dora ihm reicht. Und er lobt ihre Kochkünste.

»Gestern zum Beispiel gab es Grünkohl, mit Ei überbacken, dann Griesbrei mit Himbeersoße.«

»Er übertreibt!«

»Und vorgestern einen Gurkensalat, Nudeln, Pilze . . .«
»Franz, bitte!«
»Ich werde verwöhnt, Herr Doktor, mir mangelt es an nichts«, sagt er zu dem Mediziner, der seine Untersuchung beendet und dann schweigend seine Instrumente in die Tasche packt. »Es kommen Pakete vom Gut der Schwester aus Böhmen. Pakete mit Butter und mit Eiern. Stellen Sie sich vor, Herr Doktor, jedes einzelne Ei so verpackt, dass es den Weg unbeschadet überstanden hat. Uns geht es in dieser Hinsicht besser als vielen Menschen in der Stadt.« Kafka sagt nichts davon, wie mühsam das Schlucken ist und wie schwer ihm manchmal auch das Sprechen fällt.
Die Miene des Arztes bleibt unbewegt. Er kann ja nicht übersehen, dass der einen Meter achtzig große Patient nur noch ungefähr fünfzig Kilo wiegt. Ein Knochengerüst, ein langes Elend. Das ist Kafka klar. Trotz böhmischer Butter kann man dem Mediziner nichts vormachen; der weiß genau, welche Auszehrung die Tuberkulose mit sich bringt. Und es gibt keine Medikamente gegen die Krankheit.
»Ich stelle Ihnen ein Rezept aus«, sagt Doras Bekannter, bevor er sich verabschiedet. Er verschreibt einen auf Kräuterbasis hergestellten Saft, der den Husten lindern soll.
Kafka nimmt das Rezept entgegen, bedankt sich überaus freundlich, verspricht mehrmals, die Medizin regelmäßig zu nehmen.

»Du bist unmöglich!«, schimpft Dora, als der Arzt gegangen ist. »Du hast ihn wirklich verärgert mit deiner Art der Ironie!« Doras dunkle Augen blitzen.
»Manchmal ist dieses Mittel erlaubt, um sich zu retten.«

»Er wollte dir helfen! Er hat es uns zu Gefallen getan.«
»Ja, ich erkenne das an. Wir können uns aber die Medizin nicht leisten. Sie ist sowieso überflüssig.«
»Du hast gesagt, du willst gesund werden, Franz!«
»Ja, das will ich. Aber es ist ja kaum noch möglich, das notwendige Schreibpapier zu kaufen, wenn hundert Blatt bald zehn Millionen Mark kosten!«, klagt er.
»Medizin ist wichtiger, als sich dauernd ins Schreiben zu stürzen!«
»Das ist es aber, was ich brauche. Was mich am Leben erhält!«
Er hat sich inzwischen wieder angezogen, sich am Tisch niedergelassen. Dora streichelt zärtlich über sein Haar.
»Ich sollte sehr böse sein mit dir. Dein Schreiben scheint dir viel wichtiger zu sein als ich.«

Kafka wartet, denn er ist ziemlich früh zu der Bank gekommen. Vorher war er im Laden; die Schlange bei Krudewigs war kürzer als sonst. Im Einkaufskorb, der neben ihm auf der Bank steht, sind Tomaten, Tee, eine Gurke, Kefir, ein Apfel für das Mädchen. Die Abenteuer der Puppe Mira sind weitergegangen. Es macht ihm Spaß, ihren Weg weiterzuverfolgen. Der pädagogische Teil werde vorerst noch verschoben, hat er Dora erklärt. Bei den Kindern steht die Magie und das Wunder im Vordergrund. Es gibt ja überhaupt nur Wunder, wenn man es genau betrachtet. Wie sollte man das Leben sonst erklären?

»Also kein letzter Brief?«, hat Dora ihn gefragt. Denn das hatte er nicht zum ersten Mal angekündigt.

»Nein. Solange ich sie treffe, wird sie Geschichten von ihrer Puppe bekommen. Daher kann es noch kein Ende geben.«

»Franz, *du* bist es, der die Geschichte schreibt.«

»Ich bin nur der Aufschreiber!«

»Es ist doch deine Geschichte. Du erfindest sie. Oder etwa nicht?«

»Wer sagt das?«

Dora verdrehte in gespielter Verzweiflung die Augen. »Du kannst schreiben, was du willst.«

»Eben nicht. Man kann nicht vorhersagen, wie sich Geschichten entwickeln. Das Mädchen selber ist es ja auch, das

seiner Puppe den Namen gegeben hat und das sie nach Amerika oder China oder in ein anderes Land bringt.«
»Du kannst es nicht lenken?«
»Nein, ich bin ganz ohnmächtig.«
»Du spinnst!«
»Dann spinne ich eben. Am Faden der Geschichten.«
»Also bist du doch der Erfinder?«
»Ich weiß es nicht.«
Dabei sah er Dora, schon auf der Treppe vor der Wohnung stehend, mit einem Ausdruck von Verwunderung in den Augen an, als geschehe für ihn alles zum ersten Mal.

»Ich freue mich, dass du wieder da bist, Lena.«
Zwei komische Gestalten habe die Mira getroffen, heißt es in der Geschichte, die Lena hört. Sie ist mit dem Ballon wieder sicher auf dem Boden gelandet, nach ihrer Luftreise, und ein Stück auf einem Weg gegangen.
Als ich Rast machte, ritten mir ein großer Dünner und ein kleiner Dicker entgegen. Beide zerzaust, wie vom Sturm durchgeschüttelt, beide in einer alten Rüstung, die aus lange vergangenen Zeiten stammte.
Auf einem klapprigen Gaul saß der Dünne mit einer langen Lanze in der Hand. Auf einem Esel ritt der Dicke hinterher. Und als sei es die selbstverständlichste Sache der Welt, erzählte der Dicke mir, er sei für den verrückten Ritter da vorne verantwortlich.
»Aber es ist meine eigene Schuld, wenn ich immer weiter mit ihm in dieser Hitze durch die Gegend reiten muss und nicht mehr nach Hause zu meiner Frau und meinem Kind kann.«
»Aber warum denn?«, wollte ich wissen.
»Ich habe dem Mann, der in der Nähe seines Dorfes in einer halb

verfallenen Burg vor sich hin gelebt hat, ein paar Ritterromane gegeben, weil ich dachte, er muss sich langweilen, so ganz allein ohne Familie. An sich ist er bis dahin auch sehr friedlich gewesen und hat keinen gestört. Doch seit er die Romane gelesen hat, stellt er nur noch Unsinn an! Dauernd muss ich auf den aufpassen, denn ich fühle mich für ihn verantwortlich!«

»Was für Unsinn?«, fragte ich, denn ich war sehr neugierig geworden.

Der dicke Sancho, so war sein Name, erzählte, wie Don Quijote, so hieß der Dünne auf der Schindmähre, die verrücktesten Sachen anstellte. Wie er etwa mit seiner Lanze auf eine Herde Schafe oder auf ein paar Windmühlen losgegangen war.

Er sei, seit er diese Ritterromane gelesen habe, dem Glauben verfallen, er sei ein edler Ritter und dazu verpflichtet, gute Taten zu vollbringen, die Welt vor Feinden zu schützen, um einer geliebten Frau zu imponieren.

Während Sancho mit mir sprach, hatte sich der dünne Ritter immer weiter entfernt und war am Horizont verschwunden.

»Hola! Nun muss ich aber schleunigst weiter«, rief Sancho, »sonst stellt er wieder was an.«

Eine halbe Stunde hat das Vorlesen gedauert.

Lena betrachtet die Krakelzeichnungen am Rand des Blattes.

Ja, die Puppe hat schon allerhand merkwürdige Wesen getroffen auf ihrer Reise.

»Was hat der auf dem Kopf?«

»Einen Helm.«

Lena lacht: »Das sieht eher aus wie ein Kochtopf. Warum ist Mira nicht mit ihnen gegangen?«

»Vielleicht waren ihr die beiden nicht ganz geheuer.«

»Oder sie waren nicht echt?«
»Wie meinst du das?«
»Sie hat nur davon geträumt.«
»Und dann ist es nicht echt?«
Lena überlegt. »Doch. Alles ist echt. Auch die Geschichten und das, was ich träume.«

Das Mädchen summt leise.
Der Ton füllt den Raum um das Bett.
Füllt ihn mit Bildern und Geschichten von Wolkengeistern und Abenteuern mit fahrenden Rittern und Räubern, mit tanzenden Schelmen; füllt ihn mit dem Wind und den Sternen, mit dem Staub der Straßen und mit allen Sehnsüchten der Kinder, die je in diesem Haus gewohnt haben und noch wohnen werden.
Der schwarze Mantel vom Franz flattert wie Krähenflügel, wie die Windmühlenflügel in der Geschichte vom verrückten Ritter.
Da sitzt der Franz auf der Schaukel im Park. Und wie hoch er dann fliegt! So hoch in die Luft!
»Hoch in die Wolken, Franz!«, hat Lena heute im Park gerufen.
Sie muss lachen in ihrem Bett, als sie an den großen Mann denkt. Wie ihm sein Hut auf einmal vom Kopf geflogen und durch das Gras gerollt ist!
Sein Gesicht ist ganz rot geworden und sein Atem hat gerasselt, als er Lena auf der Schaukel angestoßen hat, ein Mal, zwei Mal, drei Mal, damit sie hinauffliegen konnte in die Bäume und höher und noch höher bis in die Wolken. Dann ist er hinter dem Hut hergerannt. Als er ihn endlich hatte, drehte er ihn zwischen den Fingern und schimpfte mit ihm.

Dummer Hut! Was fällt dir ein? Wolltest du mich verlassen?
Dabei klopfte er ihm mit dem Zeigefinger auf den Rand.
Mach das nicht noch einmal, du dummer Hut!
Das Bild will sie sich merken: Der lange dünne schwarze Mann mit dem Hut in der Hand und wie er mit dem schimpft. Sie lacht in ihrem Bett.
Es ist still im Zimmer.
Flieg zu den Sternen, Mira!
Blitzschnell den Brief unter die Bettdecke!
Die Augen geschlossen, daliegen wie tot!
Der Schein einer Lampe wandert durch den Raum, bleibt einen Moment auf ihrem Gesicht.
Mutter, ich bin unsichtbar!
Ich bin wie Luft, ich bin eine Wolke!
Ich bin ein Geist!

Es ist der nächste Tag. Lena, Kristina und einige andere aus dem Haus sind hinten im Hof vor der Ziegelwand des halb verfallenen Schuppens versammelt. Sie spielen das Spiel vom Geschichtenerzählen. Sie titschen mit dem Ball gegen die von einem kurzen Regenguss noch feuchte Mauer. Lena und Kristina machen das abwechselnd mit der linken und mit der rechten Hand; die Kleineren dürfen es auch mit zwei Händen. Der Ball muss so lange wie möglich in der Luft gehalten und dabei muss eine Geschichte erzählt werden. Dann ist der andere Spieler dran.

Lena wirft den Ball hin und her, klatsch, plang! An die Mauer und klatsch und plang! In Stichworten gibt sie ein weiteres Reisekapitel wieder, wie sie es heute Mittag gehört hat.

Doch das Erzählen fällt ihr nicht so leicht wie sonst. Noch ist der Aufruhr in ihr zu groß.

»Die Mira ist auf einem Boot – auf einem Fluss. Der fließt vielleicht in den Wannsee, sie ist vielleicht bald da.«

Sie wirft den Ball der Freundin zu. »Du bist dran.«

Kristina ist nicht besonders geschickt. Gerade mal eine Frage lang kann sie den Ball in der Luft halten.

»Wieso ein Boot?«

»Mira hat das Boot gefunden«, erzählt Lena. »Sie wollte unbedingt weiter, aber die Wellen schlagen so hoch an die Nussschale, die Strömung ist so schnell. Mira hat Angst!«

Der Ball springt ihr von der Hand und rollt über den Hof.

Lena setzt sich auf die Mauer. Sie hat keine Lust mehr zu spielen.

Angst? Ja, davon war die Rede, und wie laut Mira in ihrem Boot gerufen hat, um sich Mut zu machen.

Wohin geht die Reise, Windgeister, Wassergeister, Hilfe! Es schwankt hin und her, dreht sich. Ich kann es nicht mehr steuern, Äste schrammen am Boot, es wird dunkel, der Kahn dreht sich wie ein Karussell. Ein zähnefletschendes Tier kommt aus seiner Höhle am Ufer gesprungen. Es stürzt sich ins Wasser. In schnellen Stößen schwimmt es näher.

»Wer bist du?«, ruft es.

»Ich bin Mira, bitte hilf mir!«

Keine Antwort.

»Wer bist du? Alle Tiere sind meine Freunde.«

Was war das für ein schnappendes Untier? So etwas hatte ich noch nie gesehen! Statt zu antworten, will es in meine Hand beißen.

»He! Was fällt dir ein!«

»Ich bin die große Bisamratte, zum Wächter des Flusses bestellt«, rief das Untier. »Niemand darf hier ohne meine Genehmigung fahren!«

Mein Boot wurde von der Strömung weitergetrieben. Ich klammerte mich fest.

Ach Lena, dachte ich. Wenn du jetzt doch hier sein könntest! Du würdest mir helfen.

»Halt!«, schrie die Ratte. »Auf der Stelle anhalten! Du musst Zoll bezahlen!«

Schon war sie hinterhergeschwommen und hatte die Planke erreicht.

Plötzlich war der Kopf des Tieres ganz dicht vor mir. Oh! Er ist so groß und das Fell ganz schwarz und glänzend, die Ohren spitz aufgestellt, die Schnauze reckt sich mir entgegen, die Augen funkeln gelb.

»Ich habe nichts«, habe ich gerufen. »Ich kann dir nichts geben!«

In diesem Augenblick wurde die Strömung noch reißender, das Boot in einem wilden Strudel herumgewirbelt und ich wurde wild hin und her geworfen.

Mit wütendem Pfeifen und Zischen ließ der Wächter des Flusses ab von meinem Gefährt.

»Fahr in dein Verderben«, schrie er, »du hast es nicht anders verdient!«

Da umfing ein starkes Brausen mein Boot. Gischt sprühte vor meinen Augen und schnell füllte sich alles mit Wasser. Ein dumpfer Ton war in der Luft, das Toben wurde stärker und stärker!

Ich stürzte in einen Abgrund! In ein weiß aufschäumendes Nichts. Ich spürte die schweren Schläge, die Erschütterungen, ein ungeheures Rauschen aus dem Wasservorhang und dann wusste ich nichts mehr ...

»Hallo, Lena, du bist dran!« Kristina gibt ihr den Ball.

Lena nimmt ihn, bleibt aber stehen.

»Was ist los?«

Lena schweigt.

Kristina merkt, dass ihre Freundin traurig ist. Sie legt den Arm um Lenas Schulter.

»Es wird bestimmt alles gut mit Mira.«

»Ich weiß nicht ...«

»Na, überleg doch mal: Könnte sie denn sonst schreiben, wenn nicht alles in Ordnung wäre mit ihr?«
Lena sieht sie mit großen Augen an. Dann versteht sie und lächelt.

Ich werde böse mit dir, Franz!«, sagt Dora liebevoll besorgt zu Franz.

»Ich werde dich immer lieben, Dora!«, antwortet Franz, während er, schon fast an der Tür, seinen schwarzen Mantel anzieht und seinen Hut aufsetzt.

»Lenk nicht ab!«

»Es ist die Wahrheit.«

»Ich meine es ernst, Franz!

»Ich auch!«

»Du kannst heute nicht hinaus.«

»Ich möchte es aber.«

»Du bist wie ein Kind!«

»Was ist daran schlecht?«

»Aber das Wetter ist heute nicht gut. Du wirst dich erkälten.«

»Frische Luft tut mir gut.«

»Im Park wird es noch feucht sein.«

»Ich muss gehen.«

»Sei nicht so stur!«

»Sturheit ist die Waffe der Schwachen!«

»Ich weiß. Besonders ist es deine Waffe.«

»Es geht mir gut heute Morgen. Wolke ist mein Zeuge.«

»Franz, bitte, sei nicht albern und bleib zu Hause!«

»Ich habe kein Fieber mehr, ich huste nicht viel, ich habe keine Schmerzen. Kurzatmig bin ich, das ist wahr. Damit kann man leben, beim Gehen im Park ist es leicht zu ertragen. Ich atme eben doppelt so schnell, wirkliche Beschwerden sind das nicht.«

»Du bist unvorsichtig! Außerdem glaube ich nicht, dass die Kleine bei diesem Wetter kommt.«

»Sie kommt. Ich weiß es!«

»Was ist dabei, wenn ihr einen Tag Pause macht?«

»Ich denke, ich darf sie nicht enttäuschen! Es geht auch nicht nur um das Mädchen. Mir selber macht es Spaß, sie zu treffen. Es ist also nichts als Eigennutz!«

»Lass *mich* heute in den Park gehen und ihr sagen, dass du morgen wieder da bist mit dem nächsten Brief.«

Franz seufzt und gibt nach. Er hat wirklich eine schlechte Nacht gehabt. Mehrmals ist Dora aufgewacht, hat ihm zu trinken gebracht, seine Stirn mit einem Tuch gekühlt.

»Wenn du das Mädchen triffst, bestell ihm, dass es ihrer Puppe gut geht!«

»Schade nur, dass ihre Puppe so kaputt ist.«

Sie hat sich die beschädigte Puppe, die der Collie in Teilen von seinem Streifzug aus dem Gebüsch mitgebracht hatte, genau angesehen.

»Es ist nicht nötig, dass du sie flickst.«

»Ich habe schon Stoff besorgt.«

»Für das Mädchen wäre es nicht schön, wenn sie eine ganz andere Stoffpuppe zurückbekommen würde.«

»Das glaube ich nicht. Ich will es auf jeden Fall versuchen.«

Als seine Freundin das Haus verlassen hat, setzt Kafka sich an den Tisch und nimmt den Federhalter. Er fährt mit dem Finger über die Tischplatte, als wäre dort eine Landkarte ausgebreitet; als wäre es ein Leichtes, in einer Sekunde von einem Ort zum anderen zu kommen. Er fährt über Frankreich und Italien, über das Mittelmeer hin nach Palästina. Vor sich sieht er das Funkeln in Doras Augen, wenn er mit ihr über dieses Land und ihre gemeinsamen Zukunftspläne spricht. »Nichts wird uns davon abhalten«, flüstert er; »je weiter wir uns entfernen, umso eher werde ich gesund. Je höher wir fliegen, umso mehr wird sich alles verflüchtigen.« Er legt sich ein neues Blatt zurecht, um eine Puppenbotschaft zu schreiben.

Hoffentlich finde ich bei der ganzen Schreiberei die richtigen Worte für ein Kind, denkt er. Man darf nicht alles hin und her wälzen, man muss es in einem Zug schreiben, nur dann wird es gut. Denn das war immer sein Ideal vom Schreiben: in einem Zug; wenn es sein muss, die ganze Nacht hindurch, nicht aufhören und nichts korrigieren, sonst verliert die Geschichte an Kraft.

Was immer bisher von der Puppenreise geschildert wurde, stets lauschte Lena aufmerksam und gespannt, meist mit gesenktem Kopf, ohne ein Zeichen von Ungeduld. Welches Gesetz gilt denn für dieses Mädchen? Wer kann denn wissen, ob Lenas Puppe nicht doch noch in Übersee landen wird wie der junge Karl Rossmann aus seinem Roman »Der Verschollene«, den er noch nicht beendet hat. Diesem Jungen gab Kafka seine Sehnsucht nach Freiheit mit auf den Weg über das Meer ins ferne New York. Seinen Wunsch nach einem anderen Leben, der ihn auch hierher nach Berlin geführt hat. Es wäre ein Leichtes, dass der Wind die Puppe über die Weiten des Ozens hinwegträgt. Ihre Flügel kann man noch größer machen, die Freiheit des Dichters ist grenzenlos, das Erfinden auch der unwahrscheinlichsten Dinge ist erlaubt und sogar erwünscht . . .

»Hast du das Mädchen getroffen?«, fragt Franz, als Dora zur Tür hereinkommt.

»Ich kann es nicht sagen.«

»Du kannst es nicht sagen? Was heißt das?«

»Sieh mich nicht so an, Lieber. Es wird schon nicht so schlimm sein, wenn sie heute keine Nachricht von ihrer Puppe bekommt.«

»Hast du sie getroffen oder nicht?« Er unterdrückt den Unwillen in seiner Stimme. Ein Schatten zieht über ihre Stirn. Ist es Eifersucht? Sie presst die Lippen aufeinander, als müsse sie sich beherrschen.

»Ich habe dir schon einmal gesagt, dass du die Sache zu ernst nimmst. Das ist nicht gut für dich.«

»Ich muss es ernst nehmen. Anderes ist mir nicht möglich!« Dora zieht ihren Mantel aus. Die Luft ist tatsächlich feucht und Doras schwarze Locken kräuseln sich noch stärker als sonst. Sie setzen sich beide auf das Sofa.

»Nun, ich kam in den Park zur Bank hin«, fängt Dora an. »Alles war nass, wie ich gesagt habe. Ein Mädchen rannte davon. Anscheinend hatte sie unter einem Baum Schutz gesucht.«

»Wie hat das Mädchen ausgesehen?«

»Ich glaube, sie hatte einen blauen Mantel an.«

»Du hättest ihren Namen rufen müssen!«

»Sie war so schnell weg.«

»Wie groß war sie?«

»So groß.« Dora zeigt es, hält die Hand an ihre Brust.

»Bist du sicher. Nicht kleiner?«
»Vielleicht. Ich habe in der Eile nicht so genau darauf geachtet.«
Franz springt vom Sofa auf. »Sie hat auf mich gewartet. Ich muss hin, vielleicht finde ich sie noch.«
»Franz, warte!«

Ein Kind kann nicht warten, es muss in Bewegung bleiben, es hat keine Vergangenheit und keine Zukunft, es kennt nur die Gegenwart.

Kafka eilt mit raschen Schritten durch den Park. Er geht um ihre Bank herum und um den Rhododendron.

»Lena?«

Das war zu leise, so als wolle der Rufende nicht, dass man ihn hört.

»Lena, bist du da?« Es strengt ihn an, die Stimme zu heben.

Die Bank bleibt leer, von den Zweigen ringsum tropft es, die Blätter tanzen heute nicht leicht herab, sie klatschen schwer und wie erschöpft zu Boden. Er geht Wege, die er bisher nicht kannte. Sein Blick sucht ein Mädchen in einem blauen gestreiften Kittel und mit Zöpfen. Gestern trug sie eine Strickmütze. Vorgestern trug sie Gummistiefel, obwohl es warm war. Davor waren es Schnürschuhe. Aber immer hatte sie den blauen gestreiften Kittel an. Heute trug sie anscheinend ein Mäntelchen. Dora hat sie gesehen, da ist er sich sicher.

Er gelangt an einen entfernten Winkel des Parks.

Da, hat sie auf seine Frage, wo sie wohne, nur vage geantwortet und in eine unbestimmte Richtung gezeigt.

Wo ist da?

Er blickt durch die Ritzen eines Bretterzauns auf ein Brachgrundstück, in dunkle Hauseingänge, auf vor Alter und Nässe schwarze Ziegelmauern. Er geht durch einen Torbogen, späht vorsichtig in einen Hof. Dort spielen zwei kleine Kinder in einer Pfütze, ein drittes eilt eine Hintertreppe hinauf. Lena ist nicht dabei. Er kommt zu spät, sie ist fort, sie wohnt nicht hier, sie wird so enttäuscht sein.

Erwachsene dürfen ihre Versprechen nicht brechen!

Er versucht, in den Fenstern im Untergeschoss eines großen Bürgerhauses etwas zu erkennen. Hinter manchen Scheiben leuchten trübe Lampen, Schatten bewegen sich hinter Vorhängen.

Über den breiten Bürgersteig schieben ein Mann und ein Junge eine mit alten Möbeln hoch beladene zweirädrige Karre. Sie werfen dem neugierigen Fremden missbilligende Blicke zu. Kafka zuckt schuldbewusst zusammen und macht sich eilig davon.

Was mache ich hier? Was wird man von mir denken? Und was ist, wenn Lena wirklich erscheint? Was soll er ihr sagen? Dass er sie gesucht hat, um ihr den Brief der Puppe zu bringen? Nein, nein, ihr Ort der Geschichten ist die Bank neben dem Rhododendron. Das ist der einzig richtige Platz; von dort aus nahm die Puppenreise ihren Anfang. Und wird es dem Mädchen nicht peinlich sein vor seinen Spielkameraden, wenn er plötzlich vor ihr steht? Du bist ein Dummkopf!, schilt sich Franz, als er sich schleunigst aus dem Hof entfernt. Was hast du dir dabei gedacht?

Nein, er will auf keinen Fall, dass es Lena so ergeht wie dem kleinen Franz.

Da ist wieder das Bild von der mageren gelblichen Köchin. Das Gefühl der Schande, wenn Schulkameraden die Szene

beobachteten und von der anderen Straßenseite her ihre Bemerkungen machten! Wie anders hätte der kleine Franz denn ihr Gegrinse und ihr hämisches Gelächter deuten sollen, als dass sie sich über ihn lustig machten, die großen und starken Kerle aus seiner Klasse! Wie sollte er sich gegen die wehren? Das war ihm nicht möglich, so wie er nicht gegen den mächtigen Vater ankam. Es gab wenig Lob, wenig Ermutigung, als er sechs, sieben, acht Jahre alt war, ungefähr so alt wie das Mädchen, dem er die Puppenbotschaften bringt. »Man musste nur über irgendeine Sache glücklich sein, von ihr erfüllt sein, nach Hause kommen und es aussprechen«, schrieb er in einem Brief an den Vater vor einigen Jahren, den er aber nie abgeschickt hat. »Ich rede hier nicht von irgendwelchen hohen Gedanken, sondern von jenen kleinen Unternehmungen der Kinderzeit. Die Antwort war ein ironisches Seufzen, ein Kopfschütteln, ein Fingerklopfen auf den Tisch: Hab auch schon Schöneres gesehen! Oder: Kauf dir was dafür!«
Mag es nur mit anderen Kindern nicht passieren, dass sie sich zu Hause ducken, beim Essen in ihren Teller starren müssen, wie es auch noch dem größer werdenden und dann erwachsenen Franz ging, dem die Schimpfwörter nur so um die Ohren flogen, wenn er es wagte, zu Hause zu widersprechen.

Kafka weiß ja, wie schwer es die Eltern hatten, sich aus kleinsten Verhältnissen hochzuarbeiten, bis sie ihr eigenes Geschäft hatten. Ja, er hat es miterlebt, den Aufstieg und die Opfer, die damit verbunden waren. Jeden Tag wurde davon gesprochen, dass Hermann und Julie Kafka es geschafft hatten, dass sie nun mit Stolz die Dohle im Geschäftswappen führen konnten. Der Vogel hieß auf Tschechisch *kavka,* aber das Deutsche war die Sprache in der Familie. Wer etwas auf sich hielt, sprach Deutsch; schließlich gehörte das Land zum Reich der Habsburger und der Kaiser saß in Wien ...

Ja, Franz wusste das alles von klein auf, er verbrachte nach der Schule viele Stunden im Geschäft mit den vielen Stoffen, tausenderlei Knöpfen aus allen nur denkbaren Materialien, mit den Regalen voller Schachteln mit Kleinkram, den Kästen und Kisten, die im Lager des Galanteriewarengeschäfts im Prager Zentrum gestapelt waren. Er hat den steinigen Weg des Vaters miterlebt, erkennt dessen Leistung an. Trotzdem hört er, auch als er schon längst erwachsen ist, noch die dröhnende Stimme von Hermann Kafka, der seinem Sohn mit Strafen drohte, von Prügeln bis zur höchsten Strafe: Ich zerreiße dich wie einen Fisch!

N*euer Rekord: Eine Milliarde für einen Dollar – Berlin, Brennpunkt der Katastrophe – Neue Streiks und Straßenschlachten – In Lichterfelde gehen die Lichter aus.*

»Die Sonne scheint, der Herbst bleibt noch einige Tage schön«, schreiben die Zeitungen heute, am 10. Oktober. Allerdings sei es höchste Zeit, die Keller zu füllen, denn die Kohlen würden langsam knapp. Die Regierung erwäge bereits jetzt eine Rationierung. Kafka wirft einen Blick auf die Schlagzeilen und Berichte im Schaukasten und eilt weiter in den Park.

Kaum ist er bei dem Platz angelangt, kaum hat er sich gefragt, ob sie heute kommen wird, nachdem er am gestrigen Dienstag ferngeblieben ist, da kommt sie schon über die Wiese gelaufen.

»Was ist passiert? Hat sie sich wehgetan? Was ist mit dem Wächter des Flusses? Hat er sie verfolgt? Ist Mira im Wald? Das habe ich nämlich geträumt.«

Lenas Sätze überschlagen sich fast. Ihre Wangen sind gerötet.

»Du hast von ihr geträumt?«

»Wie sie durch den Wald geht! Da waren überall dicke Baumstämme, mit Moos bewachsen.

»Seid ihr verzauberte Riesen?«, hat sie gefragt.

Mit den Beinen ist sie im Laub versunken, dann musste sie unter einem umgestürzten Baumstamm durchkriechen. Ihr Kleid wurde ganz nass und schmutzig. Ich hab gehört, wie sie Hallo rief.
»Hallo, hört mich denn niemand?«
Aber es hat sie niemand gehört. Sie hatte Hunger. Vom Gebüsch hat sie eine Handvoll Beeren abgerissen und sich in den Mund gestopft. Dann hat sie auf einmal Musik gehört. Mitten im Wald.
War hier ein Zirkus? Der Zirkus Rabanelli von der Wiese? Sie musste schnell hin, ganz schnell. Da war ihr egal, ob sie hinfiel, mitten in den Dreck. Das Kleid versaut, voller Schlamm, auch die Beine ganz schwarz, aber es war ihr egal, sie ist weitergerannt. Und dann . . .
»Was und dann?« Kafka hat sie reden lassen, atemlos hat sie die Traumgeschichte erzählt, alles ist wahr, was ihre Puppe erlebt . . .
». . . dann habe ich die Augen aufgerissen und bin aufgewacht.«
»Mira hat Musik gehört, sagst du?«
»Hab ich geträumt.«
»Das war kein Zirkus, diesmal nicht, Lena. Es waren die sieben singenden Wölfe. Du hast gewusst, was deiner Puppe begegnen wird, denn hör zu, was Mira geschrieben hat.«
Franz erzählt ihr, wie der Fluss die Puppe ans Ufer gespült hat. Heil und sicher, zum Glück. Dann kam sie durch einen alten dunklen Wald, kam auf eine Lichtung, wo ein Konzert der sieben singenden Wölfe stattfand.
»Es kann nicht sein, dass ich das geträumt habe. Da kannte

ich den Brief noch nicht.« Lena starrt auf das Papier, von dem Franz vorliest.
»Wer weiß, Lena, in den Träumen gilt die Zeit nicht, da läuft sie manchmal auch rückwärts. Da träumen wir Sachen, die erst noch passieren.«
»Die Wölfe haben gesungen?«
»Es waren Steppenwölfe, die ihre wahre Natur verloren haben und nicht mehr von dem leben können, was sie erjagen. Darum müssen sie tanzen und singen. Sie gingen bei ihren Konzerten im Kreis, aber nicht mit den vier Pfoten auf dem Boden, sondern aufrecht, jeder hatte die Vorderpfoten auf die Schultern des Vorausgehenden gelegt. Dabei haben sie gesungen, wobei der vorderste den Ton angab. Sie wiegten sich im Takt der Musik. Hast du das auch geträumt, Lena?«
»Ich bin doch aufgewacht! Wie geht es weiter?«
»Mira war sehr verwundert, diese Wölfe zu sehen . . .«
»Hatte sie keine Angst?«
»Vielleicht hatte sie ein bisschen Angst, als die Tiere sie auch bemerkt hatten. Sie sprangen auf alle viere und schlichen auf sie zu, umkreisten sie – lauernd, federnd, immer weiter auf sie zu . . .«

Etwas schleicht durch den Garten heute Abend!
Fii!, macht Franz mit gespitzten Lippen.
Sch-wusch! Sch-wusch! Fii! Sein Blick geht hinaus in die Dunkelheit vor dem Fenster. Ein Ast knackt. Eine Maus? Eine Katze? Der Maulwurf vor seinem Bau? Ein leises Zischen. Franz lauscht. Woher kommt das Geräusch? Es klingt dünn, mit Pausen dazwischen, einmal wie ein Zischen, einmal eher wie ein Pfeifen. Der Federhalter kratzt auf dem Papier.

Das Schönste an meinem Bau ist aber seine Stille. Freilich, sie ist trügerisch. Plötzlich einmal kann sie unterbrochen werden und alles ist zu Ende. Vorläufig aber ist sie noch da. Stundenlang kann ich durch meine Gänge schleichen und höre nichts als manchmal das Rascheln irgendeines Kleintieres, das ich dann gleich zwischen meinen Zähnen auch zur Ruhe bringe, oder das Rieseln der Erde, das mir die Notwendigkeit irgendeiner Ausbesserung anzeigt, sonst ist es still. Die Waldluft weht herein, es ist gleichzeitig warm und kühl. Manchmal strecke ich mich aus und drehe mich in dem Gang rundum vor Behagen. Schön ist es, für das nahende Alter einen solchen Bau zu haben, sich unter Dach gebracht zu haben, wenn der Herbst beginnt . . .

Das Licht der Petroleumlampe reicht bis zum Sofa, wo Dora liegt, den Kopf auf dem angewinkelten Arm, erschöpft von den Kämpfen dieses Tages, wo sie zwei Mal hat in einer langen Schlange anstehen müssen, um etwas Obst und Milch zu kaufen. Und ein wenig Spiritus, um die Speisen für ihren kranken Freund auf dem einfachen Kocher zu erwärmen.

»Verschwindet endlich!«

Es ist spät. Kristina scheucht zwei jüngere Kinder aus der Waschecke und zieht den Vorhang vor. Lena putzt sich am Becken die Zähne, spuckt aus.

»Hilfst du mir bei den Zöpfen?«

Kristina entflicht die Zöpfe der Kleineren.

»Was ist mit diesen Leuten?«, fragt Lena leise, ohne den Kopf zu heben. »Die von neulich, die gesagt haben, sie nehmen dich vielleicht mit. Sind die wieder gekommen?«

»Weiß nicht.« Kristina hält kurz inne.

»Warum weißt du das nicht? Hat Mutter nichts gesagt?«

»Mhm«, macht Kristina nur. Es klingt fast böse. Dabei weiß Lena, dass Kristina enttäuscht ist.
Sie schluckt. Wenn sie bloß wüsste, wie sie die Freundin trösten könnte.
»Soll ich dir was erzählen?«
»Hast du dich heute wieder mit dem schwarzen Mann getroffen?«
»Ja.«
Und Lena erzählt vom Konzert der Wölfe.
»Die sieben Wölfe schlichen näher und näher und dann scharten sie sich um Mira und legten sich nieder, mitten auf die Lichtung, und fragten, was sie in dem Wald verloren hat«, beginnt Lena. »Mira erzählte von dem Abenteuer, das sie auf dem Fluss erlebt hatte. Und wie sie erzählte, merkte sie, dass die sieben singenden Wölfe überhaupt nicht böse waren. Sie musste keine Angst mehr haben!«
Lena spürt Kristinas Hände in ihrem Haar. Sie hat die Zöpfe ganz gelöst und greift nun nach der Bürste, um Lenas Haar zu glätten.
»Sieben singende Wölfe?« Ein Lachen schwingt in der Stimme der Älteren mit, doch es klingt nicht spöttisch, sondern neugierig, als hätte sie ihren Kummer schon vergessen.
Gut so! Lena will schnell weitererzählen von dem, was Franz ihr im Park vorgelesen hat. Sie runzelt die Stirn, die Haare ziepen. Aber das stört sie nicht, so sehr konzentriert sie sich auf ihre Geschichte.
»Die sieben singenden Wölfe haben Mira ihr Leid geklagt. Jeder hat Angst vor ihnen, haben sie gesagt. Denn obwohl die Wölfe ganz friedlich durch das Land ziehen, jagen die Bauern sie weiter. Sie mussten sich schon tief in den Wald

zurückziehen. Lange sind sie nicht mehr in der Nähe der Menschensiedlungen gewesen, um sich ein Schaf zu holen. Nein, lange nicht.«

Lena sieht es vor sich, wie die dunkelgrauen Köpfe in der Runde nicken. Und auch die Puppe nickt.

»Die Menschen unterstellen uns immer schlechte Absichten, sagten die Wölfe. Obwohl wir etwas tun, was es in der ganzen Wolfsgeschichte noch niemals gegeben hat. Obwohl wir singen. Obwohl wir Konzerte geben wollen. Obwohl wir uns damit ernähren wollen. Die Menschen wissen nichts, sagten die Wölfe.« Lena seufzt. Das hat Franz an der Stelle auch getan. »Aber die Jäger glauben den Wölfen nicht. Die Jäger glauben keinem, sie wollen mit dem Töten von Wölfen Prämien verdienen, denn die Bauern bezahlen sie dafür. Immer weiter mussten die Wölfe fliehen, tiefer in den Wald hinein, fast hatten sie schon gar keine Hoffnung mehr, jemals ihre Kunst zeigen zu können.«

Lena bricht ab. Sie ist nun ganz auf der Lichtung, zusammen mit ihrer Puppe und den sieben singenden Wölfen.

»Und wie geht es weiter?« Kristina ist gespannt.

Lena dreht sich um und sieht die Ältere an.

»Und dann gaben die singende Wölfe ein Konzert für mich«, erinnert sie sich an Miras Briefzeilen. »Ich war seit Langem die erste Zuhörerin aus der Menschengattung. Und welche Weltsensation könnte es sein, wenn sie vor großem Publikum auftreten würden mit ihren Darbietungen!

So hat Mira es geschrieben, so hat der Franz es vorgelesen.«

Im großen Schlafraum ist es schon lange dunkel, doch das Flüstern in der kleinen Kammer nebenan geht weiter. Das

Mondlicht fällt auf Lenas Schlafanzug mit den Tiergestalten, denn sie sitzt aufrecht im Bett, vor sich die Karte mit der Zeichnung. Darauf sind, wenn man seine Fantasie bemüht, die stehenden Wölfe zu sehen. Mit aufgerissenem Maul gehen sie im Kreis.

»Schau, wie sie singen«, flüstert sie.

»Lass mich mal sehen!«

»Es ist zu dunkel. Und ich will jetzt kein Licht machen. Mutter schleicht im Flur herum.«

»Weißt du, was ich glaube?« Kristinas Stimme hat wieder diesen dunklen Ton angenommen.

»Was denn?«

»Deine Puppe ist bald ganz weg.«

»Nein, ich sehe sie bestimmt wieder.«

»Aber wann?«

»Irgendwann. Wenn sie keine Lust mehr hat zu reisen, kommt sie zurück.«

»Dann bist du aber nicht mehr bei Mutter Krall.«

»Die Mira findet mich schon.«

Lena ist sich da ganz sicher. Über den Verlust ihrer Puppe ist sie nicht mehr traurig. Sie legt sich jetzt hin, richtet sich aber sofort wieder auf.

»Was hast du eben gesagt?«

»Was soll ich gesagt haben?«

»Dass ich dann nicht mehr hier bei Mutter Krall bin. Sag schon, hast du irgendwas gehört?«

Mutter Krall, das weiß Lena, erzählt Kristina als der Ältesten gelegentlich, was ansteht, welche Leute sich über den Inspektor vom Amt angemeldet haben, um Kinder probeweise mitzunehmen. Auch Herr Krall wird nach der dritten Fla-

sche gesprächig und man kann ihn, wenn man lieb ist, ausfragen.
»Ich habe keine Ahnung«, wehrt Kristina ab. Ihre Stimme klingt schuldbewusst.
»Bitte!« Lena fühlt einen dicken Klumpen in ihrem Hals. »Sag endlich, was du weißt!«
»Nichts, Lena, gar nichts!« Kristina wendet den Blick ab.
»Du lügst!« Lena atmet schwer.
»Beruhige dich, Lena . . .«
»Ich will keine neuen Eltern!«
»Darum sind wir doch alle hier.«
»Ich nicht!«
»Warum nicht?«
»Darum nicht!«

Ohne Fieber ist Kafka gegen sechs Uhr aufgewacht. Auf der Straße rumpelt der Milchwagen vorbei. Unten in der Wohnung rumort die Wirtin. Es geht voran mit der Genesung, denkt Kafka, hebt den Kopf und sieht Dora neben sich voller Zärtlichkeit an. Er schließt die Augen wieder. Im Halbschlaf ziehen Bilder an ihm vorbei: Die blaue Wolke, die am Horizont auftaucht im hellen Licht, dreht sich immer schneller, während das Licht alle Farben annimmt, Rot, Gelb, Blau, Grün, Violett. Er sieht sich in einem Park, doch es ist nicht der Park in Berlin-Steglitz, in den er seit Tagen jeden Mittag eilt. Es ist eine gepflegte Anlage am Prager Laurenziberg mit hohen Thujaspalieren an den Wegen, säulenartig beschnittenen Buchsbäumen, Bögen und allerlei geheimnisvollen Figuren in den dunklen Eibenhecken. Dorthinein zog es ihn schon als Kind; dort fühlte er sich wie in einem Märchen, wenn er auf den schmaler werdenden Pfaden lief und bald wie in einem Irrgarten nicht mehr wusste, wo er war. Aber er hatte keine Angst, denn die weißen Statuen wiesen ihm den Weg. Voller Vertrauen folgte er ihnen und er war ganz sicher, dass ihre Gesten, ihre ausgestreckten Arme, ihm, dem kleinen fünfjährigen Franz, galten, der auch wirklich in der schon anbrechenden Dämmerung wieder am Ausgang ankam. Sein Geheimnis, darauf war er stolz. Er hatte sich nicht verirrt, er hatte etwas geschafft und großen

Mut bewiesen. Dumm war nur, dass er es niemandem erzählen konnte, denn Ottla war noch nicht auf der Welt damals.

Als er sich auf die andere Seite dreht, fällt die Decke zu Boden. Vorsichtig hebt Dora sie auf, steht auf und macht sich an dem Spirituskocher zu schaffen. Er beobachtet sie durch die nicht ganz geschlossenen Lider und lächelt leicht.

Energisch umfasst er beim späten Frühstück die Teetasse mit beiden Händen.

»Wir brauchen deinen Arzt nicht mehr!«

»Das ist doch nicht mein Arzt, Franz!«

»Ich habe immer gewusst, dass diese Krankheit kein wirkliches Kranksein ist, liebste Dora.«

»Was denn sonst?«

»Ich meine, kein Fall für den Arzt.«

»Ich will das nicht hören!« Dora stellt geräuschvoll ihre Tasse ab und runzelt finster die Stirn.

Franz blickt sinnend über seine Tasse hinweg. Soll er ihr wieder von den Gespenstern erzählen, die ihn heimgesucht haben und die er vertreiben muss. Das kann der normale Arzt nicht, dazu bedarf es ganz besonderer Umstände. Nein, sie würde nur noch ungehaltener werden. Er wird sich jetzt nicht auf eine solche Diskussion mit ihr einlassen.

»Du hast recht. Kein Wort mehr von Krankheit.« Franz setzt seine Tasse ebenfalls ab. »Wenn du wüsstest, wie gut es mir tut, dass du da bist! Ich kann sein, wie ich bin, das habe ich nie gekannt!«

»Du übertreibst wie immer, Franz.«

»Bald werden wir Freunde einladen, morgen schon, wenn

du willst. Doch heute wollen wir spazieren gehen wie ein richtiges Ehepaar«, schlägt er vor.
Kafka kann es gar nicht erwarten, bis sie sich den Mantel angezogen haben und das Haus verlassen können. Triumphierend blickt er vom Bürgersteig hinauf zum Fenster im Erdgeschoss, hinter dessen Gardine er die Wirtin vermutet.
»Was mögen diese unheimlichen Fremden wohl zu dieser ungewöhnlichen Stunde vorhaben?«, flüstert er Dora hinter vorgehaltener Hand zu.
»Sie werden die S-Bahn nehmen und zum Wannsee fahren«, flüstert sie kichernd zurück.
»Äußerst verdächtig. Das muss unbedingt der Geheimpolizei gemeldet werden!«
In bester Laune steigen sie am See aus der Bahn. Die Oktobersonne zeigt den See in stählernen Farben, Blau und Grau; weiße Schaumkronen rollen ans Ufer. Dora hat sich bei Franz untergehakt. Gegenseitig machen sie sich auf die weißen und roten Segel aufmerksam, die um die Landzunge kommen, von der herbstlichen Brise über dem Wasser vorwärtsgetrieben
»Mit diesem Schiff werden wir nach Palästina fahren!« Kafka zeigt auf ein breites Plankenboot, das behäbig dahinfährt.
»Nein, viel zu langsam. Wir nehmen das da!« Dora hat noch ein größeres entdeckt, dessen blaue Segel in der Ferne pfeilschnell über das Wasser gleiten. Sie einigen sich auf das blaue Boot, ja, das werden sie in nicht allzu ferner Zukunft besteigen.

Eine Tafel weist den Weg zur Gedenkstätte für den Schriftsteller Heinrich von Kleist an der Bismarckstraße. Ein düsterer Ort im Schatten von Eiben, wo ein verrostetes Gitter die Stelle umzäunt, an der Kleist vor einhundertzwölf Jahren zusammen mit der schwer erkrankten Henriette Vogel Selbstmord begangen hat. Zu seinen Lebzeiten verstanden ihn die Leser nicht. Nach seinem Tode wurde er berühmt.

»Ich trage ein Herz mit mir herum, wie ein nördliches Land den Keim einer Südfrucht. Es treibt und treibt und es kann nicht reifen«, zitiert Franz. »Er fand keine Möglichkeit, von seinem Schreiben zu leben – genau wie ich.«

»Bitte, Lieber, lass uns zurück in die Sonne gehen«, bittet Dora, deren dunkler Blick Unruhe verrät. »Mir ist kalt hier. Es deprimiert mich. Ich habe genug von dieser Dunkelheit.«

»Es heißt, Kleist und Henriette haben gelacht und sich ganz frei gefühlt in Erwartung des nahen Todes. Er erschien ihnen wie ein Abenteuer, wie eine große Entdeckungsreise in ein fremdes Land.«

»Lass uns gehen, Franz.« Dora wendet sich ab und geht weiter.

»Sie haben beide unter ihrem Leben gelitten. Kleist glaubte, es nicht mehr meistern zu können. Der Plan für sein Leben schien ihm falsch und nicht aufgegangen zu sein.« Franz folgt ihr.

»Sein Lebensplan?«

»Seine literarischen Bemühungen.«

»Überhaupt kein Grund, Selbstmord zu begehen. Das Leben ist viel zu kostbar!«

»Du hast recht. Aber vielleicht kann man doch verstehen, was sie getan haben. Oder nachfühlen.«

»Nein, das kann man nicht!«, ruft Dora erbost aus und bleibt kurz stehen. »Selbstmord ist eine Sünde!«

Sie gehen schweigend weiter und kommen an einen kleinen Teich. Franz schleudert mit weit ausholender Geste einen flachen Stein über das Wasser.

»Kleist und Henriette haben Steine ins Wasser geworfen, so wie wir es jetzt tun, Liebste. Erst hat er sie erschossen, dann sich selbst.« Er freut sich, als der Stein drei, vier Mal über das Wasser springt.

»Vielleicht wollte sie gar nicht sterben. Dann wäre er ein Mörder, dein Herr Kleist«, sagt Dora trotzig, als wolle sie Franz eins auswischen. Sein Kleist? Sein Verwandter, der bis zum Äußersten gegangen war? Zerrissen zwischen Leben und Schreiben? Auch wenn er diesen Autor stets sehr bewundert hat und oft in seinen Briefen las, fragt sich Kafka, während er mit seiner Freundin den Waldweg zurückgeht: Möchte man denn ein Nachfahre dieses unglücklichen Autors sein, dessen Vorstellung vom Leben mit der Wirklichkeit nicht übereinstimmen wollte, der von einer depressiven Krise in die nächste kam und schon früh von Selbstmordgedanken gequält wurde? Nein, das sicher nicht, doch man möchte sicher die Gestaltungskraft eines Kleist haben, die zu dessen Lebzeiten niemand anerkannte, auch der große Goethe nicht . . .

»Wo bist du, Liebster?« Dora reißt ihn aus seinen Gedanken.

»Du hast recht, genug davon!«, sagt er entschlossen und beschleunigt seinen Schritt. »Genug von Kleist und seinen Gespenstern!« Er führt seine Freundin ins Wannsee-Restaurant. Sie bestellen Tee, er nimmt ihre Hand.

»Willst du die schönste Liebesgeschichte der Welt hören?«

»Oh ja«, ruft Dora aus. »Aber bitte eine, die gut ausgeht.«

Kafka erzählt ihr vom kleinen bunt angemalten Zinnsoldaten aus dem Märchen von Hans Christian Andersen, der eine wunderliche Reise begann, indem er vom Fenstersims des Hauses, auf das Kinder ihn gestellt hatten, drei Stockwerke tief hinabgestürzt und im Rinnstein fortgespült worden war. Später, als ein Fisch ihn verschlang, wurde dieser mit dem tapferen kleinen Soldaten im Bauch auf dem Markt verkauft, gerade an die Köchin des Hauses, von wo aus seine Reise ihren Anfang genommen hatte.

»Und immer trug er die Liebe zu einer kleinen Tänzerin aus Papier im Herzen«, erzählt Franz. »Immer hatte er bei seinen Abenteuern ihr Bild vor Augen, wie sie im Zimmer, wo die Kinder des Hauses das Papierschloss mit den aus Papier ausgeschnittenen Figuren aufgestellt hatten, zu ihm herüberschaute. Sie trug ein Seidenkleid und ein schmales blaues Band über den Schultern, mitten darauf eine glänzende Blume, so groß wie ihr ganzes Gesicht. Die Tänzerin aus Papier hatte die Arme hochgehoben und das eine Bein abgespreizt. Das wäre eine Frau für mich, dachte der Zinnsoldat, der ein Stück entfernt in seiner Schachtel mit vierundzwanzig anderen Kameraden gestanden hatte. Und er wollte unbedingt ihre Bekanntschaft machen, er hatte sich auf der Stelle schrecklich in sie verliebt. Leider geschah es, dass die übermütigen Kinder auf die Idee verfallen waren, mit ihm auf dem Fensterbrett zu spielen.

»Wie geht es weiter mit dem Zinnsoldaten«, fragt Dora vorsichtig, »wenn du sagst, es sei die schönste Liebesgeschichte der Welt?«, als habe sie Sorge, dass es wieder so ein seltsames Ende nehmen wird wie alle Geschichten, die Franz erzählt.

»Als er im Bauch des Fisches wieder zurück ins Haus gekommen ist und von der Köchin entdeckt wird, wirft ein dummer Knabe den tapferen Zinnsoldaten in den Ofen.«

»Oh! Das nennst du *schön?*« Dora schüttelt den Kopf und ihre dunklen Haare fliegen.

»Während die Hitze um ihn stärker wird und der Zinnsoldat fühlt, dass die Farbe von ihm abgeht, ergreift ein Luftzug die Tänzerin in ihrem Papierschloss. Sie fliegt, einem Luftgeist gleich, geradewegs in den Ofen zu dem Zinnsoldaten, ganz nah zu ihm hin und lodert in Flammen auf. Sie ist sofort verschwunden. Da schmilzt der Zinnsoldat zu einem Klumpen, und als die Bedienerin am folgenden Tag die Asche herausnimmt, findet sie ein kleines Zinnherz. Von der Tänzerin hingegen ist nur noch die Blume da und die war kohlschwarz gebrannt. Das ist die Geschichte, das Ende eines Liebespaares.«

»Ein wirklich trauriges Ende einer traurigen Geschichte!«, seufzt Dora. »Ich wusste es ja! Bei dir nehmen die Geschichten immer eine schlimme Wendung!«

»Vergiss nicht, sie ist von Andersen, den man zu Unrecht immer nur als Märchenonkel bezeichnet. Und was hast du gegen dieses Ende, Liebe? Wie könnte eine Vereinigung größer sein zwischen Liebenden, als dass sie miteinander verschmelzen!«

»Sie sind verbrannt, das ist es, was bleibt.«

»Sie haben sich geliebt, das zählt.«

»Ach Franz!« Dora drückt seine Hand. »Du mit deinen Ideen! Was magst du nur mit deiner Puppengeschichte noch alles vorhaben!«

»Die wird glücklich enden, das weiß ich.«

»Du hast gesagt, man weiß nicht, was sie noch alles schreiben wird.«

»Habe ich das? Ich hoffe, es wird nichts von bösen Tieren vorkommen, die ihr auflauern, als ihre Nussschale an ein fernes menschenleeres Ufer geworfen wird, wo Geier kreisen, Schakale heulen, Wüstenräuber lauern. Und nichts von den großen menschenverschlingenden Tigern in den dunklen Wäldern des Südens. Und nichts von den Geistern, die uns in der Nacht aus dem Schlaf reißen, wenn unser Herz klopft wie verrückt, wenn uns der Schweiß ausbricht und die Hände zitternd auf der Bettdecke liegen, unfähig zur Abwehr. Ich weiß, wovon ich rede, mein Liebes.«

Franz jagt in der Oktobersonne über die Wiese hinter Lena her.
»Fang mich doch!«, ruft sie. »Du kriegst mich nicht!«
Endlich hat er das Mädchen eingeholt, aber erst als sie an der Bank angekommen sind. »Jetzt hab ich dich!«, keucht Kafka.
Und nun legt er den Kopf kurz nach hinten, damit die Luft des gesamten Himmels in ihn einströmen kann. Das Mädchen zieht ihn am Mantel.
»Bin ich zu schnell für dich?«
»Natürlich bist du zu schnell für mich«, antwortet Franz, immer noch nach Luft ringend.
»Dann können wir eben kein Wettrennen mehr machen.«
»Sicher können wir das. Ich muss mich nur ein bisschen ausruhen.«
»Ist ein Brief gekommen?«
»Oh, das kann ich gar nicht sagen. Da muss ich nachsehen.«
Kafka sucht übertrieben in den Taschen seines schwarzen Mantels, seines Anzugs, denn auch heute ist er wieder wie immer äußerst korrekt gekleidet.
»Ich kann nichts finden. Wahrscheinlich habe ich ihn zu Hause liegen lassen.«
»Also ist einer gekommen?«
»Ah, da ist er ja!«

Das war das alte neckische Spiel, das er früher mit den kleinen Schwestern getrieben hat. Wenn sie wild um ihn herumsprangen und etwas vom großen Bruder wollten und er sie hinhielt, solange es ging; seinen Spaß hatte an ihrer Ungeduld. Bitte, Franz, sei doch nicht so, du bist gemein, bitte, bitte, lieber Franz, erzähl uns eine Geschichte, geh mit uns an die Moldau, Steine ins Wasser werfen! Auf den Laurenziberg, Picknick machen, Verstecken spielen, bitte! Sie konnten gut betteln, die Kleinen, besonders Ottla, sein Liebling. Sie wussten ja genau, dass der Bruder irgendwann schwach wurde und ihnen jeden Wunsch erfüllte.
»Hat Mira Angst? Vor den Jägern?«, fragt Lena.
»Sie ist groß!«, erklärt er. »Sie ist stark! Sie hat keine Angst!«
»Das schreibt sie?«
»Ja«, sagt Franz fest, »jedes neue Abenteuer macht sie stärker, lässt sie wachsen. Sie würde schon längst nicht mehr in deine Tasche passen, Lena.«
»Ist sie größer als ich?«
»So groß wie du. Mir geht es gut, schreibt sie. Hoffentlich geht es dir auch gut bei deinen Eltern, Lena.«
»Bei meinen Eltern?«
»Sie meint, da, bei dir zu Hause.«
»Ich wohne bei Mutter.«
»Bei Mutter?«
»Ja.«
»Bei deiner Mutter, meinst du.«
»Ja. Bei Mutter wohne ich.«
Franz wartet. Aber Lena drängt nur:
»Weiter, Franz.«

Ist die Puppe nun in einer Familie gelandet? Eine Familie? Irgendwie hat er sich sein Leben lang nach Ehe, Kindern, Familie gesehnt, denn sonst ist der Mann kein Mann, und wenn man allein ist und ein Dichter obendrein, dann ist man ein Luftmensch, wie es im Jiddischen heißt, ein Nichts, auch wenn man früher Beamter war. Aber wenn er an seine eigene Familie denkt ... Soll er das Puppenmädchen vielleicht in einer guten Familie bei braven Leuten unterbringen, mit deren Kindern sie zur Schule gehen und ein normales Leben führen könnte? Auf Wiedersehen, Lena, sei nicht traurig, wenn ich nun, da ich erwachsen werde, hierbleiben und nicht zurückkehren will in mein altes Leben. Was soll daran schlecht sein?

Franz nimmt den Faden wieder auf und erzählt.

»Als drei Jäger auf der Waldlichtung erschienen, waren die sieben singenden Wölfe längst in der Dunkelheit unter den Bäumen verschwunden. Die Männer waren sehr verwundert, hier in der Wildnis ein Mädchen allein zu finden, das wahrscheinlich, wie sie glaubten, von einem Wolfsrudel zurückgelassen worden war. Sie haben sie umringt, das Gewehr über der Schulter, haben ihr Worte zugerufen, die sie nicht verstehen konnte. Die Sprache der Bälle, der Katze, der Luftgeister, der Wölfe und all der Gestalten, die ihr auf ihrer Reise begegnet sind, hat sie besser verstanden als diese harte, laute Menschensprache, die voller mahlender Geräusche war. Die Männer deuteten immerzu mit dem Finger auf die Fremde, die auf einer Wurzel hockte und sich in ihrem roten Kleidchen verkroch. Ein Mädchen, das wir bei den Wölfen gefunden haben! Auch die Frauen und Kinder konnten es nicht fassen, als der Zug der Jäger, dem sich die Bauern von den Feldern angeschlossen hatten, mit dem Findling auf dem Maultierkarren, der normalerweise das erlegte Wild aufgenommen hätte, im Dorf angelangt war. Mira wurde umringt von den Frauen und Kindern und ein ums andere Mal wurde sie betastet, es wurde an ihren Kleidern gezupft, Fragen wurden gestellt.«

Franz hält kurz inne mit dem Erzählen. Es widerstrebt ihm, die Reise der Puppe hier im Tal bei den Bauern zu Ende gehen zu lassen. Ein, zwei Wendungen braucht die Geschichte noch und noch ist nicht entschieden, ob und wie die Puppe wieder auftauchen kann . . .

Franz atmet tief durch und fährt fort.

Nun sitze ich bei der Kerze in der Stube und schreibe dir, denn ich weiß, dass dich dank der Hilfe von Franz meine Nachrichten von überall her auf der Welt erreichen werden.

Ich blicke auf, es gefällt mir nicht, dass die Frau des Jägers mich von der Bank her mit wehem Blick ansieht, als wolle sie sagen, ach, wie böse hat man dir mitgespielt, armes Kind, dass man dich in der Wildnis ausgesetzt hat. Und was hast du nur zu schreiben!

Sie hat mir Kleider aus grobem Stoff gegeben, sie hat mir Speisen vorgesetzt, ich habe davon mit gutem Hunger gegessen. Alle haben mir dabei zugesehen, die Kinder sind neugierig an mich herangerückt. Ich war müde, lächelte alle zufrieden an. Man bereitete mir ein Lager auf der Bank beim Herd, wo ich hinsank. Noch im Halbschlaf spürte ich die gaffenden Blicke der Leute; dagegen konnte ich mich nicht wehren. Die Kinder berührten immer wieder mein Gewand, zwickten mich in Arme und Beine.

Nun schlafen alle. Es ist still im Haus. Ich bin von meinem Lager aufgestanden. Der Wind rüttelt an den Fensterläden. Ist es das

Heulen der Wölfe, das ich in der Ferne höre? Ich wünsche so sehr, dass man sie nicht mehr verfolgen wird. Ich sehe einen Spiegel neben der Türe. Es zieht mich dorthin. Wie mag ich jetzt aussehen? Ich steige auf einen Schemel, stehe vor dem Spiegel, schließe die Augen. Bin ich hässlich geworden auf meiner Reise? Habe ich mich verändert?

Noch nie zuvor habe ich mich angesehen, seit ich von dir fortmusste, Lena. Eine Weile stehe ich mit geschlossenen Augen vor dem Spiegel und lausche den Geräuschen im Haus. Dann endlich wage ich es und öffne die Augen. Zuerst kann ich nur einen hellen Fleck sehen, liebe Lena. Ist das mein Gesicht? Sind das meine Augen? Sehe ich so aus? Ich wische über den Spiegel.

Wer bist du?, rufe ich aus.

Wer bist du?, fragen die Lippen im Spiegel.

Ist das Mira?, frage ich.

Ist das Mira?, fragt der Mund im Spiegel.

Miras Reise, sage ich.

Miras Reise, formen die Lippen.

Das bin wirklich ich! Ein Mädchen mit langen blonden Haaren! Mein Herz klopft, mein Mund ist ganz trocken.

Beweg deine Augen!, befehle ich mir, streck die Zunge heraus. Die Augen bewegen sich im Spiegel. Eines ist grün, das andere blau. Das grüne blinzelt. Die Zunge streckt sich mir entgegen.

Mira, Mira. Auf dem dünnen Seil, sage ich.

Auf dem dünnen Seil, machen die Lippen.

Kennst du ein Mädchen aus der Stadt mit dem Namen Lena? Ja?

Ja!

Was für schöne Haare du hast, Spiegelmädchen!, denke ich. Ich muss noch mehr wachsen, sage ich zu mir im Spiegel.

Du musst noch mehr wachsen, Mira!«

Die Leute von Hitler.
Die Leute von Hitler?
»Ja«, erklärt der Oberst dem nach Hause eilenden Kafka, der nach der heutigen Begegnung mit Lena schon spät dran ist, weil er sich noch das Verzeichnis der jüdischen Hochschule besorgt hat. Dort will er demnächst, wenn er wieder zu Kräften gekommen ist, Vorlesungen besuchen.
»Ja, die Leute von diesem Hitler! Jetzt, wo sowieso schon alles zusammenkracht und die täglichen Unruhen und Kämpfe zwischen Rechten und Linken zunehmen, da kommt der Pöbel dieses gewissen Hitler! Eines Österreichers, stellen Sie sich das vor, Herr Dr. Kafka. Mir wird kotzübel bei seinen Parolen und ich bin wahrlich ein Konservativer, ein ehemaliger Offizier der kaiserlichen Armee!« Jeden Tag kann er sich aufs Neue darüber aufregen, ruft Behrens aus. Ob er, Dr. Kafka, sich vorstellen kann, ereifert er sich gegenüber Kafka, der wartend, freundlich lächelnd vor ihm steht und wie jedes Mal den Kopf des Collies tätschelt, der dies schwanzwedelnd geschehen lässt; ob er sich vorstellen kann, so der Alte, dass auf den Unsinn von diesem Hitler jemand hereinfällt! Den Deutschen ist allerdings viel zuzutrauen und diese Verpestung, die im Augenblick das Land durchzieht, verheißt nichts Gutes.
»Genug der Miesepeterei!«, schließt der Oberst seinen Vor-

trag. Er macht ihm, dem mit den Berliner Verhältnissen vielleicht noch nicht ganz so Vertrauten, den Vorschlag, mit seiner Frau in den Tanzpalast in der Tauentzien zu gehen. Sich amüsieren, das ist das Einzige, was einen diese schlechten Zeiten vergessen lässt. Oder wie wäre es mit Revuetheater oder Bänkel im Café Größenwahn? Nein? Nichts für den Herrn?
Der Dichter dankt für die Hinweise. Er schätze Revue, Zirkus und Volkstheater sehr, erklärt er. »Umso besser, mein Herr, umso besser!«, meint der Oberst und ruft gleich noch einen Vorschlag hinterher: »Im UFA-Palast wird die *Boxerbraut* mit Willy Fritsch gegeben!«
Auch dafür bedankt Kafka sich höflich. Der Oberst verabschiedet sich schließlich und wendet sich zum Gehen und Kafka muss ein hervorglucksendes Lachen unterdrücken.

Dora flüstert mit Lilly, um Franz nicht zu wecken.
»Habe ich dir erzählt, dass er jeden Tag einen Brief an ein Mädchen schreibt?«
»An ein Mädchen? Und du bist nicht eifersüchtig?«
»Ach, das ist doch ein kleines Mädchen, sieben Jahre oder so.«
»Kennst du sie denn?«, will Lilly wissen. Doras ehemalige Kollegin aus dem jüdischen Kinderheim in Müritz ist zu Besuch gekommen. Auch ihr war im Juli der Mann aufgefallen, dem sie zuerst auf Spaziergängen mit der Kindergruppe im Wald hinter den Dünen begegnet waren. Auch am Strand hatten sie ihn gesehen, wie er mit den Kindern der Schwester Elli Ball spielte. Als sie sich ein paarmal gegrüßt hatten, war er ins Ferienheim gekommen und hatte sich oh-

ne Scheu mit den Kindern an einen Tisch gesetzt. Man merkte ihm richtig an, wie wohl er sich fühlte, wie gern er die Spiele und Späße mitmachte, die ostjüdischen Lieder mitsang. Alle im Haus hatten den vornehmen schlanken Herrn mit dem intensiven Blick nach kurzer Zeit gemocht. Auch Lilly hatte sich ein wenig in ihn verliebt.
»Leise, Lilly,«, mahnt Dora und gießt vorsichtig Tee nach. Beide Frauen sehen hinüber, wo Franz auf der Liege ruht. Im Schatten der Wand zeichnet sich unter der Decke seine zerbrechliche Gestalt ab.
»Also, was sind das für Briefe?« Die Freundin platzt vor Neugierde. Dora ist es etwas lästig. Widerstrebend hat sie einige Fragen der Neugierigen über ihr gemeinsames Leben beantwortet.
»Das kleine Mädchen hat seine Puppe verloren.«
»Ja und?«
»Franz schreibt ihr, um sie über den Verlust hinwegzutrösten.«

Franz richtet sich von der Liege auf.
»Oh, wir dachten, du schläfst!«
»Liebe Dora, es ist ihre Puppe, die schreibt«, sagt er und setzt sich auf die Kante.
»Eine schreibende Puppe?«, fragt Lilly.
»Das Mädchen glaubt es«, sagt Dora.
»Es sind Traumreisen, die Wirklichkeit werden«, erklärt Franz, »Erinnerungen an Schwerelosigkeit, an Nebelhaftes und Schleierhaftes, an Flüsse und Seen, an einen Windhauch in der Wüste, an fremde Tiere, an ein Theater, in dem wir Dichter, Schauspieler, Ballonfahrer, Maschinisten, Büh-

nenbildner, Seiltänzer, Entdeckungsreisende, Dompteure und Puppenspieler in einem sind, versteht ihr?«
»Davon schreibst du dem kleinen Mädchen?«
»Ihre Puppe schreibt von ihrer Reise, nichts weiter. Sie will keine unbewegliche Puppe mehr sein. Sie will die Welt kennenlernen. Ist das so ungewöhnlich? Sie berichtet davon, wie sie gezwungen war, ihre ersten Schritte zu tun, sie erzählt von ihren Begegnungen mit Menschen und Tieren. Sie schreibt davon, wie sie mit einem Ballon fortgeflogen ist, wie sie hinaus in die weite Welt gerissen wurde, wo sie sich nun allein durchschlagen muss und von Abenteuer zu Abenteuer wächst. Ich bin nur der Mittler, der die Briefe überbringt.«
Lillys verwunderter Blick begleitet Franz, der sich nun erhoben hat und zu den Frauen an den Tisch tritt.
»Und wie endet die ganze Geschichte?«, will sie wissen.
»Wir werden warten, wie die Puppe sich verabschiedet. Dann ist das Ende der Geschichte gekommen. Dora, willst du uns etwas auf dem Tamburin spielen?«
»Erst musst du mir versprechen, dass dieses Ende bald kommt!«
»Das wird der Fall sein, wenn sie ihre Gestalt gefunden hat.«
»Oder wenn du dem Mädchen die Puppe zurückbringst«, sagt Dora.
»Wie bitte?«, ruft Lilly. »Jetzt verstehe ich gar nichts mehr! Die Puppe zurückbringen? Ich denke, sie ist auf Reisen gegangen?«
»Ich arbeite als Puppendoktor und versuche, das gute Stück wiederherzustellen. Aber bisher konnte ich Franz noch

nicht von der Idee überzeugen«, sagt Dora und nippt an ihrer Tasse.

Dora greift in ihren Korb mit den Nähsachen und zeigt Lilly die Puppenreste, die roten Stofffetzen. Dazu die neuen Glasknöpfe für die Augen und die neuen Stoffstücke für die Reparatur.

»Dora, so spiel doch«, wiederholt Franz seine Bitte nachdrücklich. Er will nicht, dass das Spielzeug wieder in Ordnung gebracht wird. Noch hat Dora es nicht geschafft, ihn dazu zu überreden, Lena die Puppe zurückzugeben. Er ärgert sich inzwischen, dass er Karos Fundstücke überhaupt mit nach Hause gebracht hat. Die Geschichten der Puppe und diese Stofffetzen, die schon die Form einer Puppe angenommen haben, sind doch zwei ganz verschiedene Dinge.

Franz nimmt das Tamburin vom Regal und gibt es ihr, dann wendet er sich an Lilly.

»Sie hat es in einem Trödelladen gefunden. Ich mache mir Vorwürfe, dass ich das schöne Stück nicht vor ihr gesehen haben. Was für ein schönes Geschenk hätte ich ihr machen können!«

Dora sieht ihn liebevoll an. Sie fängt an, das Tamburin zu schlagen, und tanzt dazu. Sie singt ein jüdisches Lied. Ihre schöne dunkle Stimme erfüllt den Raum. Ihre Melodie handelt von Sand und Sternen, vom Mondlicht über den Wäldern und Ebenen des Ostens, von den dunklen Schatten der Ströme. Ihre anmutige Figur wiegt sich in einem sanften Rhythmus, sie tanzt mit halb geschlossenen Augen auf der Stelle, während sie ganz leicht das Instrument schlägt.

Aufgeregt flattert Wölkchen im Käfig. Franz steht auf, hebt die Arme hoch über den Kopf, wiegt sich wie selbstvergessen hin und her. Sein Blick scheint weit in die Ferne zu gehen. In seinem ernsten Gesicht zeigt sich ein glücklicher Ausdruck, wie Dora voller Freude bemerkt. Es ist, als sehe der Mann wie in einem Traum ferne, sonnenüberflutete Strände, weiten blauen Himmel, an dem bunte Ballons dahingleiten wie Zeichen einer Botschaft, die entschlüsselt werden will; als tauchten vor ihm die Bilder des unerreichbaren Landes auf, nach dem er sich sehnt: Palästina.

»Franz!«

Er gibt keine Antwort. Dora nimmt ihr Spiel wieder auf, Lilly klatscht den Rhythmus mit, Franz bleibt ganz in sein Tanzen versunken, ohne die anderen ein einziges Mal anzuschauen. Das Trommeln wird wilder, Dora dreht sich schneller, wirbelt wie in einem Zigeunertanz, ihr Rock fliegt. Die Arme hoch erhoben, dreht sich Franz, bis er an die Tischkante stößt, stolpert; Lilly kann ihn gerade noch festhalten, sonst wäre er hingefallen. Dora springt hinzu, das Trommeln verstummt, doch der Kranke wehrt heftig ab.

»Weiter, Dora, Liebste!«, fordert er und lässt sich auf den Stuhl sinken, »spiel weiter! Wir wollen diese Stunde noch nicht beenden!«

Dora zögert.

»Wir wollen die Gespenster doch nicht wieder hereinlassen, oder?«

»Gespenster?«, fragt die Freundin.

Aber Dora hebt das Tamburin und fängt wieder an zu spielen.

Nein, ich bringe das Mädchen nicht mit zu uns«, erklärt Franz kategorisch.

»Warum denn nicht, Franz? Jetzt, wo die Puppe fast fertig ist. Wir könnten sie dem Mädchen geben ...«

»Lena will vom Leben ihrer Puppe hören, und nicht sehen, wie der Überbringer der Briefe lebt. Und ich bin sicher, sie hat inzwischen ein ganz anderes Bild von ihr.«

»Woher willst du das wissen?«

»Ich weiß es.«

»Ach Franz, wenn du nur immer so sicher wärst.«

»In diesem Falle bin ich es.«

»So frag sie doch wenigstens.«

»Nein.«

»Es wäre so schön, einmal Kinderbesuch zu haben.«

»Dora, sie wird nicht wollen.«

»Das glaube ich nicht. Kinder sind neugierig. Sie wird Freude daran haben, mit Wölkchen zu sprechen.«

»Ich glaube, dass sie zu scheu ist ...«

»Du bist es, der nicht will.«

»Wenn du es so sehen willst.«

»Du bist wirklich stur.«

»Ich sage ja, Sturheit ist die Waffe ...«

»Nicht der Schwachen, Lieber. Sturheit ist die Waffe der Sturen.«

»Das Mädchen soll nicht in dieses Zimmer. Hier am Tisch ist die Welt aus Papier; vor der Türe keift die Stimme der Wirtin. Das hat in der Welt unserer Puppe keinen Platz. Nicht ihre Welt zerstören! Sonst ist die Reise ihrer Puppe nicht wirklich, die jetzt so wunderbar in ihrem Kopf entstanden ist. Und in meinem! Und dazu gehört, dass sie ihre Puppe nicht mehr wiederhaben kann.«

»Da bin ich ganz anderer Meinung.«

»Ich werde dich überzeugen, Dora.«

Nein, es ist undenkbar für Franz, das Mädchen hierherzubringen. Er bleibt hart. Und das Wetter? Fallende Temperaturen? Der nahende Winter? Was stört es ihn? Schon als Knabe schlief er bei offenem Fenster auf dem Boden und machte gymnastische Übungen bei Minusgraden. Er kann Kälte wegstecken. Wenn es notwendig ist. Aber es ist nicht notwendig, der Oktober ist immer noch warm, die Voraussetzungen sind gut.

Die Voraussetzungen wofür? Um gesund zu werden?

»Um eine Reise zu beenden, liebste Dora. Und anschließend eine lange Reise mit dir anzutreten.«

Noch ein Reisekapitel, das ihm zugeflogen ist in den Träumen, während er sich auf seinem Lager umherwarf und sich fragte, wie kann man es zu einem guten Ende führen? Die Angst davor, seine Zuhörerin zu sehr zu erschrecken mit den Abenteuern ihrer Puppe, ist ja kleiner geworden. Er hat gemerkt, wie viel dem Kind die Welt bedeutet, die er Tag für Tag vor ihr ausbreitet. Er überlegt. Mira doch noch in eine Familie schicken? Oder in die Schule, was er vorgehabt hatte. Sie in eine Klasse zusammen mit anderen Kindern stecken, humorvoll und bieder berichten, wie sie ein normales Leben führt. Ja, das wäre wahrscheinlich das Richtige. Ausgeschlossen ist es nicht, dass es noch so kommt.

»Für mich?«, fragt Kafka. Lena hält ihm eine kleine Sonnenblume hin, die sie auf ihrem Weg zur Bank gefunden hat.
»Klar.«
Franz nimmt sie. Er freut sich sehr über dieses Geschenk.
»Ich danke dir, Lena.«
»Die ist dafür, weil du immer die Briefe bringst. Wie geht es weiter mit Mira? Waren das böse Leute, von denen sie weggegangen ist?«
»Augenblick. Ich muss erst . . .«
Er legt die Blume auf die Bank, zieht ein neues Blatt aus dem Umschlag.
»Du meinst die Bauern?«
»Ja.«
»Nein, keine böse Menschen. Sie waren arm, sie waren vielleicht sehr misstrauisch, wenn jemand in ihr Tal kam, den sie nicht kannten.«
»Die Leute wollten bestimmt, dass sie wieder geht.«
»Sie machten sich Sorgen, was mit dem fremden Mädchen geschehen soll. Sie glauben, sie hat ihnen nicht die Wahrheit gesagt.«
»Sie hat gesagt, dass sie eine Reise macht.«
»Für diese Menschen klingt das verdächtig. Sie haben ihr Tal, wo sie leben, das sie niemals verlassen. Es sind arme Bauern. Für sie ist das Puppenmädchen jemand, der von zu Hause weggelaufen ist. Ein Kind unbekannter Herkunft. Sie

haben Angst, dass ihnen das Ärger einbringen wird. Dass die Polizei Nachforschungen anstellen wird.«

»Ein Kind unbekannter Herkunft?«

Schlechte Formulierung, denkt Franz. Für ihn ist es das reine Amtsdeutsch, die Sprache der Arbeiter-Unfall-Versicherung; die kennt er aus seinem Berufsleben als Vizesekretär und stellvertretender Abteilungsleiter, wo er mit Schadensfällen in Industriebetrieben zu tun hatte. Er bearbeitete die eingehenden Schadensmeldungen und befasste sich mit Unfallschutz. Ein wichtiges Thema in den Zwanzigerjahren. Kafka denkt an die vielen Unfälle in den Betrieben, in denen die Arbeitsschutzvorschriften oft nicht beachtet wurden. Er denkt an die Firmen, die bei der Prager Arbeiter-Unfall-Versicherung waren; er schrieb Gutachten, beurteilte die Sicherheitslage, ordnete die Betriebe in bestimmte Gefahrenklassen ein, nach denen sich die Höhe ihrer Beiträge richtete. Er beantwortete die Schreiben der Geschädigten, machte Vorschläge, wie der Schutz am Arbeitsplatz verbessert werden könnte.

Kafka schüttelt fast unmerklich den Kopf. Die zwei Leben des Dr. Kafka: morgens und bis mittags um zwei Uhr ein ordentlicher Beamter, von den Vorgesetzten und Kollegen sehr geschätzt wegen seines korrekten und sorgfältigen Arbeitens. Nachts ein Dichter und Schriftsteller, dessen Texte nur wenige kennen.

»Lena, diese Leute wissen ja nicht, wer die Eltern des Mädchens sind. Von wo sie kommt. Ein Waisenkind? Sie ist ein Mädchen, das im Wald gefunden wurde, als die Jäger auf der Wolfsjagd waren.«

»Kriegt sie neue Eltern?«

»Soll sie das?«

»Ja.«

»Sie trifft auf Babette und Brabant.«

»Wer ist das? Bleibt sie bei denen?«

»Das sind Händler mit ihrem Wagen. Ja, mit ihnen wird sie mitgehen ...«

Der Wagen stand am Waldrand. Seine Plane war rot und grün angemalt. Ein kräftiges graues Pferd stand auf der Wiese und graste. Als ich um den Wagen herumging, rief jemand:
»Oh, wir haben Besuch, Babette!«
Ein grauhaariger Mann, der hinten auf den Stufen in den Wagen saß, winkte mich heran.
»Komm näher und hab keine Angst!«
Ich fasste gleich Vertrauen zu ihm. Aus dem Wagen kam eine hagere Frau, die mich aufmerksam und ein bisschen misstrauisch ansah. Aber dann nickte sie mir freundlich zu.
Der Grauhaarige breitete seine Arme aus und rief: »Ich heiße Brabant und das hier ist meine Frau Babette. Wir ziehen schon viele Jahre durch die Welt und lassen es uns wohl ergehen, auch wenn es schwer genug fällt in den heutigen Zeiten, nicht wahr, liebe Frau? Nun erzähl, liebes Kind, wie ist dein Name?«
Ich sagte es ihm und er rief aus: »Mira! Mira, was für ein schöner Name! Wir haben schon von dir gehört, mein Kind. Dass man dich im Wald gefunden hat und dass niemand wusste, wo du hingehörst.«
Sie haben mich eingeladen, mit ihnen zu kommen. Sie waren fahrende Händler und zogen mit ihrem hoch beladenen Wagen durch das Land, von Dorf zu Dorf, von Jahrmarkt zu Jahrmarkt, wo sie Stoffe, Knöpfe, Bänder, Töpfe, Pfannen und Tausende andere Sachen verkauften.

Ich war froh, dass ich mit ihnen mitfahren konnte. Gemeinsam sind wir dann losgezogen, Babette, Brabant, das Pferd Suse und ich. Ich habe den Alten meine Geschichte erzählt und Brabant hat mir dann, als ich bei ihnen am Feuer saß, erklärt, warum er ein Händler geworden ist. »Früher«, so berichtete er, während das Feuer flackerte und Funken wie Sternschnuppen in der Dunkelheit verglühten, »früher hatte ich eine Windmühle an der Küste. Ein Müller war ich. Doch meine Mühle ist eines Tages abgebrannt. Neidvolle, böse Menschen haben sie angezündet, während ich auf dem Markt war, um eine Fuhre Mehlsäcke abzuliefern.« Er seufzte und Babette tat es ihm nach.

»Mein Leben war vernichtet, liebes Kind, die Mühle war ganz verloren. Es blieb uns nichts anderes übrig, als fortzugehen. Es blieben die Erinnerungen«, sagte er, »schöne Erinnerungen daran, wie ich als junger Müller meine Nachbarin Babette gewonnen habe.« Brabant lächelte. »Babette wohnte in einer anderen Mühle jenseits der Wiesen und jenseits des Kanals. Wie konnte ich ihr nur meine große Liebe zeigen? Eines Tages hatte ich die Idee. Ich schmückte am Sonntag die Flügel meiner Windmühle mit Blumen. Am Sonntag standen sonst alle Mühlen still, doch ich, der Müller Brabant, ließ meine Mühle laufen und sie drehte sich in ihrer blumengeschmückten Pracht an diesem Tag besonders schön im Wind, der vom Meer herwehte. Es war wunderbar anzuschauen. Alle Menschen, die vorbeikamen, blieben stehen und fragten, warum ich meine Mühle so geschmückt hätte.«

»Und der junge Müller hat allen gesagt, dass er damit zeigen wollte, dass er das Nachbarmädchen in der Mühle jenseits der Wiesen und des Kanals heiraten will, weil er es sehr lieb hat«, fuhr Babette fort zu erzählen. »Und es dauerte nicht lange, bis man dem Mädchen das berichtet hatte, was der junge Müller gesagt hatte.«

»So kam es, liebe Mira«, übernahm der Müller wieder, »dass wir uns gefunden haben.«

Hat die Uhr zwei geschlagen?
»Wir müssen gehen, Lena. Es ist spät geworden.« Franz steht fröstelnd auf. Er gibt ihr den Brief. Miras Reise ist weitergegangen, man wird sie an diesem Tag nicht mehr beenden können.
»Sind die alten Leute jetzt Miras Eltern? Ist sie dann kein Waisenkind mehr?«
»Wenn sie bei ihnen bleibt, nicht.«
Lena springt von der Bank, greift nach seiner Hand.
»Komm, Franz!«
Beide halten sich an den Händen und drehen sich wie im Karussell herum und herum und herum. Ihre Schatten gleiten auf der Wiese dahin, Lenas Zöpfe fliegen, die Mantelschöße von Franz beschreiben eine schwarze Bahn.
Dong, dong. Die Uhr schlägt.

Dora, es geht mir gut!«, erklärt er, nachdem er Lenas Sonnenblume in einem Glas mit Wasser auf seinen Schreibtisch gestellt hat. Dann macht er seiner Freundin lächelnd vor, wie frei und leicht er atmen kann. Kein Fieber, keine Erkältung, kein Anzeichen einer Lungenentzündung. Denn das wäre schlimm, das könnte das Ende sein wie vor einigen Jahren beinahe, als ihn die Spanische Grippe erwischt hatte. Damals starben in Europa mehrere Millionen Menschen an diesem neuartigen Virus.

»Braver Patient, mein Franz!«

»Liebe Krankenschwester, meine Dora!«

Folgsam lässt er sich die Brust mit Mentholsalbe einreiben, steckt den Kopf eine halbe Stunde lang unter ein Tuch und inhaliert die aus der Schüssel aufsteigenden Kamillendämpfe. Er lobt wie immer das Abendbrot, das Dora aus einfachen Mitteln bereitet hat: den Kefir, den Tomatensalat, mit ein paar Zwiebelringen und Schnittlauch garniert, den Kräutertee, der ihr, wie er betont, heute besonders gut geraten sei. Brav alles aufessen, auch das Brot mit dem mageren Streichkäse, ohne zu fragen, was es kostet.

Der Abend weht die Geräusche aus dem einige Kilometer entfernten Stadtzentrum herüber.

»Heute scheint es so«, sagt Kafka, als er kurz von seinem

Schreiben aufschaut, »als beginne das wilde Leben der Stadt kurz hinter den Büschen und Bäumen am Ende des Gartens. Als lauere der Moloch bereits dort, als komme er jeden Tag näher. Aber heute Abend macht mir das keine Angst, heute bin ich sogar neugierig darauf, wie die Welt weitergeht. Ich fühle mich wie ein blutjunger Mensch; als warte die Welt nur darauf, dass man sie endlich entdeckt!«
Dora seufzt erleichtert.
»Schreibst du an deiner Geschichte?«
»Ja, ein wunderliches Paar ist aufgetaucht. Es kommt aus der Welt der fahrenden Händler; Reisende, die das Puppenmädchen aufgenommen haben. Vielleicht wird sie dortbleiben, wer weiß?«
»Das wird wirklich eine unendliche Geschichte, mein Lieber.«

Stille herrscht in der Stube. Der Ofen knistert. Die Harmonie könnte vollkommen sein, das Einssein von Franz und seiner Freundin mit der Welt. Er sitzt unter der Lampe am Tisch über den schwarzen Schulheften, in die er seine Texte schreibt. Dora ist halb hingestreckt auf dem Kanapee, wo sie in dem Buch »Das neue Palästina« blättert, in dem eine mit Kreidezeichnungen und Fotos illustrierte Überfahrt von Zypern nach Haifa beschrieben ist und die Ankunft eines langen Stroms von Auswanderern aus Ost- und Mitteleuropa am Kai des Gelobten Landes Palästina . . . Ihre Augen werden müde, sie fallen ihr zu.
»Zscht!«, zischt Franz.
Dora schrickt hoch.
»Was ist?«

»Sie schleicht herum. Ich höre ihre Schritte genau unter meinen Füßen!«
Er beugt sich zum Fußboden hin, legt die Hand ans Ohr.
»Deine Fantasie spielt dir einen Streich, Lieber. Lass uns zu Bett gehen.«
»Ich spüre die unguten Schwingungen, die von ihr ausgehen. Sie versucht wieder, herauszufinden, was die verdächtigen Mieter tun.«
Franz verzieht in gespieltem Grauen das Gesicht. Er gleitet vom Stuhl, legt sich platt auf den Boden.
»Sie steht auf einem Stuhl genau unter mir«, flüstert er verschwörerisch. »Uns trennen höchstens zwanzig Zentimeter. Sie brennt darauf, zu erfahren, was über ihr vorgeht. Mit ihrem Blick bohrt sie förmlich ein Loch in die Decke! Aber ich werde zurückschlagen!«
»Beachte sie nicht! Das ist sie nicht wert!«
»Vielleicht wäre es das Beste, die kleine böse Frau Vermieterin in ihrem Korsett, in ihrem Fremdenhass ersticken zu lassen. Doch zuvor werde ich mich in ein Mäuslein verwandeln und sie besuchen«, sagt Franz, um dann mit veränderter Stimme fortzufahren: »Oh, warum brennt bei diesem Volk wieder die ganze Nacht das Licht! Was mag dort oben im Gange sein! Ich höre nichts! Umso verdächtiger, wenn es so still ist! Man muss die Geheimpolizei einschalten! Sie haben etwas zu verbergen, ich weiß es! Diese Leute sind mein Untergang! Hach! Oh Gott, was ist das?«
»Das Mäuslein!«
»Aus der Zimmerecke über dem Schrank bin ich hervorgekommen, ein unschuldiges graues Wesen, und habe die böse Frau maßlos erschreckt.

Zscht! Zscht!
Halt still, Wölkchen! Stör mit deinem Gezwitscher nicht meine Aktion! Ich stoße jetzt den Mäusepfiff aus!
Pfft!
Er ist kaum zu hören, doch darum umso mächtiger. Er schneidet ihr ins Ohr, der bösen Alten. Einmal soll sie auch unsere Macht spüren, die Macht des schwachen Volkes der Mäuse, denen sonst stiller Frieden das Liebste ist, denen aber eine gewisse praktische Schlauheit zu eigen ist, die wir freilich auch äußerst dringend brauchen. Einmal soll sie merken, dass wir nicht nur mit dem Lächeln trösten können.
Zscht!
Schon ist sie mit einem Satz aus dem Raum geflüchtet! Gerade springt sie über den Flur hinüber in ihr Schlafzimmer. Die Türe hinter sich zugesperrt, hinein ins Bett wirft sie sich! Die Decke über die Ohren gezogen! Ja, so ist es recht, Frau Wirtin! Nun haben wir Ruhe vor Ihnen!«
Franz steht mühsam vom Fußboden auf, klopft sich lässig den Staub ab, setzt sich auf den Stuhl, als wäre nichts geschehen. Als wäre das Schauspiel, das er eben geboten hat, das Normalste von der Welt.
»Nun können wir wieder der Puppenstimme lauschen, was sie uns von ihren Abenteuern zu erzählen hat!«

»Du bist gemein!«
»Ich will es aber sehen!«
»Es gehört mir!«
»Sonst verrate ich dich bei der Mutter! Dass du nachts immer die Kerze anmachst. Da kann ich nicht schlafen!«
Was Kristina heute nur hat!
Ihr Streit fing schon beim Abendessen an, als Lena sich gegenüber der Zeichensprache Kristinas stur stellte. Die machte mit den Fingern übertrieben die Bewegung des Schreibens, parodierte den Vorleser der Puppenbriefe, und je mehr die Kleinen am Tisch lachten über diese Vorstellung, umso ausgelassener wurde Kristina.
»Ich hab den Brief gesehen! Du hast ihn hinter deinem Rücken versteckt.«
Sie greift nach dem Blatt.
»Was soll das denn sein?« Kristina deutet auf die Zeichnung.
»Ein Wagen!«
»Ich kann nichts erkennen. Wie immer. Eine Karte vom Krikelkrakel-Mann!«
Lena verzieht das Gesicht. Sie kennt die Launen der Älteren. Die muss manchmal zeigen, wer hier das Sagen hat. Aber sie versteht nicht, warum Kristina sie auslacht. Hat sie das letzte Mal nicht auch daran geglaubt?

»Du bist blöd«, ruft sie und zeigt auf die Karte. »Das ist ein Wagen mit einem Pferd. Hier sind die Leute, die damit fahren.« Lena fährt mit den Fingern die Striche nach, die Franz gezeichnet hat.

»Und da ist Mira!« Sie zeigt auf ein kreisrundes Gesicht am Rande des Blattes.

»Wer soll das sein?«

»Meine Puppe!«

Kristina tippt sich mit dem Finger an die Stirn. »Sieht eher aus wie ein großer dicker Käfer.«

»Mir ist es egal, ob du es glaubst oder nicht.«

Lena sieht alles wieder vor sich. Am Waldrand, gleich hinter dem Dorf, in das die Jäger sie gebracht hatten, war ein Zirkuswagen aufgetaucht. Mira sprang vom Tisch der Bauern auf und lief, so schnell es ging, über die Wiesen und den Bach davon. Sie wollte weg, wollte weiter, weg aus diesem Tal mit den Bauern und den Jägern. Es war nur ein mit grobem Stoff bespannter Karren, wie sie dann sah. Ein graues Pferd graste daneben. Das Gefährt war hoch beladen mit Körben, Pfannen, Töpfen, Stoffen, Seilen, Schmuck, Garn und vielen anderen Dingen, für die man hier in dem abgelegenen Tal Verwendung hatte.

»Und das soll ein Pferd sein?«

Im Haus schlägt eine Uhr.

Die Tür geht auf, Frau Krall steckt den Kopf herein.

»Wollt ihr jetzt endlich schlafen, ihr Blagen!«

Am nächsten Mittag geht die Reise weiter. Zuvor ist Lena mit Schwung neben den Dichter auf die Bank gesprungen. Die Strickmütze rutschte ihr dabei über die Augen.

»Hast du es eilig, Lena?«

»Nein, gar nicht.«

»Wollen wir sehen, was passiert?«

»Ich glaube, ich weiß es.«

»Du weißt es?«

»Sie bleibt bei den Leuten mit den komischen Namen.«

»Babette und Brabant.«

»Und dem Pferd Suse.«

»Mira ist groß geworden. Sie kann entscheiden, was sie will.«

»Sie hat keine Angst?«

»Wie kommst du darauf?«

»Sie kennt die Leute nicht.«

»Mira kann ihnen vertrauen.«

»Sie kommt nicht mehr zu mir?«

»Das weiß ich nicht. Sie ist weit weg und zieht mit dem Paar durch das Land.«

»Darf sie den Wagen lenken?«

»Natürlich darf sie das.«

»Ich möchte bei ihr sein.«

»Das bist du ja. Indem sie dir schreibt, nimmt sie dich mit.«

Das Puppenmädchen ist fasziniert von dem Jahrmarkt. All die Gaukler, die Zauberer und die Artisten! Und erst die Seiltänzer! Schon von ferne, das erfährt Lena heute von Franz, ist das bunte Treiben auf dem Platz einer kleinen Stadt zu erkennen gewesen.
Marktstände, bunte Wagen, Fahnen im Wind, Stimmen in den Gassen. Ein Trompeter bläst, dann ruft er laut in die Menge:
»Kommt, Leute, kommt und seht: Himmelreichmann! Himmelreichfrau! Erlebt die Tänzer auf dem schwankenden Seil! Sie sind besser als alles, was man jemals in China und in Amerika gesehen hat! Begrüßt die Königin und den König dieser Kunst, die Bezwinger der Schwerkraft!
Erlebt den Tanz über dem Abgrund ohne Netz und doppelten Boden!«
Die Trompete bläst wieder, die Zuschauer klatschen.
Ein Mann in gelb-rotem Trikot, eine Frau in rotem Umhang, weißem Ballettrock und Ballettschuhen verbeugen sich.
Bravo!
Sie steigen über eine Strickleiter hinauf zum Podest.
Wie wunderbar sie dann in schwindelnder Höhe ihre Kunst ausüben! Wie scheinbar taumelnd unsicher und doch geschickt und elegant sie über das zwischen zwei Bäumen gespannte Seil tanzen!
Mira schaut zu mit glänzenden Augen. Zugleich zittert sie vor Anspannung: Sie ist sicher, diese Artisten werden jeden Augenblick herabstürzen von ihrem schmalen Steg.
Geschrei, angstvolle Ausrufe. Wie sie mit Absicht da oben stolpern, wie sie sich gegenseitig auffangen, um dann so elegant, einander die Hand reichend, über das Seil zu schweben.

Noch nie hat das Puppenmädchen so etwas gesehen.
Ihr Herz klopft wie toll.
Ja, das würde sie gern können, sie wäre gern eine Himmelreichfrau!
Es hätte nicht viel gefehlt und Mira hätte sich aus dem Kreis der Zuschauer gelöst, wäre auf das Seil hinaufgestiegen und hätte mitgetanzt, denn bestimmt kann sie das! Hatte sie nicht auch ganz schnell das Laufen gelernt, das Sprechen? War sie nicht weit in dem Ballon geflogen, ohne Angst zu haben? Warum sollte sie nicht auch in der Lage sein, sich viel schneller als andere die Kunst des Seiltanzens anzueignen?
Doch je mehr sie ihre Begeisterung zeigt, je mehr es sie zu den Artisten hinzieht, umso fester hält Babette sie an der Hand, als wenn sie ein kleines Kind wäre.

»Ist Mira traurig?«
»Nein. Manchmal vielleicht.«
»Ist sie jetzt wirklich das Kind von den Leuten?«
»Ein bisschen, ja.«
»Ich bin traurig, wenn sie nicht mehr schreibt.«

Von einem braunen Tanzbären hat Lena an diesem Mittag noch gehört, der an einer schweren Kette im Kreise geführt wurde. Der Bärenführer, ein grober Kerl, schrie und schimpfte laut: »Tanz, du blödes Vieh!« Er riss heftig an der Kette, schwang eine kurze Lederpeitsche mit kräftigen Riemen und schlug dem Bären damit über die Augen. »Aufhören!«, hat Mira gerufen, sich von Babette losgerissen und sich durch die Menge nach vorn gedrängt. »Hör sofort auf!«

Der Bär hob den Kopf, als habe er den Ruf verstanden. Er tappte auf das Mädchen zu. Die Menschen schrien entsetzt auf und wichen zurück. Er senkte den großen Kopf zu Mira nieder und berührte mit seiner Schnauze ihre blonden Haare, als wolle er sich bedanken dafür, dass sie ihn beschützen wollte. Dann trottete er unter den erstaunten Ausrufen der Zuschauer zurück in den Kreis zu dem Burschen, der die Peitsche sinken ließ. Jetzt wollte der das böse Schauspiel nicht mehr fortsetzen. Vorsichtig nahm er den Bären an seine Kette und führte ihn fort.

Still und gespannt sitzt Lena neben Franz auf ihrem Platz. Kriegt sie heute gar nicht genug? Hat die Uhr schon geschlagen? Oder gibt es keine Zeit mehr in dem Kreis um die Bank? Ist sie stehen geblieben?
»Mehr!«
»Von den Himmelreichleuten?«
»Ja, und von den Tieren.«
»Von einem Affen?«
»Ja.«

An einer anderen Stelle dieses Platzes, dicht am Fuße der Stadtmauer, wurden andere Tiere zur Schau gestellt. Auf einem schäbigen, verdreckten Kastenwagen, niedrig und schmal, stand ein schiefer Gitterkäfig aus roh zusammengebundenen Holzlatten. Ein Menschenaffe hockte darin, der sich an die Stäbe klammerte und hinten den Rücken an den Brettern rieb. Auch hier waren eine Menge Schaulustige versammelt, die noch niemals einen Affen gesehen hatten.
Babette wollte Mira auch von hier fortziehen, doch die

wehrte sich heftig, indem sie sich mit den Füßen in den Boden stemmte. Die Leute ärgerten den Affen. Ein Mann hielt ihm eine Schnapsflasche hin und fing an, sie unter großem Getue und Grimassieren zu entkorken und ihm an sein Maul zu setzen. »Gut, Rotpeter!«, schrie die Menge, denn so nannten sie das Tier wegen seines haarlosen roten Hinterteils! Der Affe trank die Flasche bis auf den allerletzten Tropfen aus und schleuderte sie dann mit großer Bewegung aus dem Käfig. Während der Pöbel johlte und schrie, strich sich das Tier wie wohlgefällig den Bauch. Nur das Puppenmädchen hatte bemerkt, wie schlau dieser Affe war, denn sie verstand ja die Sprache und die Gesten der Tiere viel besser. Der Affe war es, der mit den Zuschauern spielte, nicht sie spielten mit ihm. Sie waren die Bühne, sie machten sich lächerlich, ohne es zu merken. Und er, der blöde Affe, amüsierte sich über sie. Er hätte ja leicht sein Gefängnis verlassen können, hätte eine der schlecht zusammengebundenen Latten an der Rückwand lockern und mit wenigen Sprüngen über die Mauer hinwegsetzen können, wohin seine Wächter ihm nicht so schnell hätten folgen können. Einem Affen sollte dies ein Leichtes sein, doch er zog es vor, das Spiel, das die Menschen mit ihm trieben, zu genießen.

Doch dann kam der Augenblick, da Mira sich nicht mehr gegen Babette wehren konnte, die inzwischen ihren Mann zu Hilfe geholt hatten. Sie müsse sich wirklich Sorgen machen um das Mädchen, schimpfte die Frau, das sich so widerspenstig zeigt und gar nicht tut, was die beiden von ihm erwarteten.

»Wenn du unsere Tochter werden willst, Kind«, riefen sie

aus, »dann solltest du dich fügen und nicht so widerborstig sein!«
Und das war der Augenblick, da Mira beschlossen hatte, die Leute bei nächster Gelegenheit zu verlassen.

Franz hatte erst gar nicht vorgehabt, von dem Affen zu erzählen. Es ist lange her, dass er diese Geschichte von der mühsam gewonnenen Freiheit des Affen durch eine Anpassung an die Menschen aufgeschrieben hat. Muss man der Geschichte nicht überhaupt eine andere Wendung geben, wenn die Tiere sich zu sehr in den Vordergrund drängen? Zwei Stationen noch, zwei oder drei Reisekapitel noch, dann ist Schluss!
Oder gelingt es Dora, ihn dazu zu überreden, dem Mädchen die Puppe zurückzugeben? Er ist nicht sicher. Der Gedanke bereitet ihm jedenfalls Unbehagen. Er hat gesehen, wie weit die Wiederherstellung des Spielzeuges inzwischen vorangeschritten ist. Es ist fertig, die Puppe sitzt im Nähkorb, das blaue und das grüne Auge funkeln heraus. Aber dieses Spielzeug lebt noch nicht.
Es wird kälter, der Wind geht, das Thermometer ist zwei Grad gefallen, am Morgen ist das Gras nass, in der Nacht zieht es kühl durch das nicht ganz dicht schließende Fenster.

Ach übrigens, war das eine Verwandte von Ihnen? Ihre Tochter?«, fragt der neugierige Oberst a. D. beim nächsten Zusammentreffen.

»Meine Tochter?«

»Ja, die Kleine, mit der ich Sie schon mehrmals hier im Park gesehen habe.«

»Nein, das war nicht meine Tochter.«

Hatte nicht Lena auch gefragt, ob ihre Puppe Mira nun die Tochter der Hausierer sei? Merkwürdige Fortsetzung, denkt der Dichter.

»Das kleine Mädchen. Mit dem Sie auf der Bank gesessen sind. Sie waren so ins Gespräch vertieft mit der Kleinen, dass ich nicht stören wollte und den Hund nicht von der Leine gelassen habe. Ist sie zu Besuch?«

»Nein. Eine Bekannte.«

»Nun ja, will nicht neugierig sein. Entschuldigen Sie bitte.«

Behrens scheint gespürt zu haben, wie irritiert Kafka ist, und verabschiedet sich.

Kafkas Verwirrung hat eine Weile angehalten, während er langsam weitergegangen ist. Meine Tochter, denkt er, was für ein Gedanke. Lena – meine Tochter. Aber warum nicht, warum nicht? Ein nicht mehr ganz junger, ein vierzigjähriger Vater einer sieben- oder achtjährigen Tochter, warum nicht? Auch wenn ich nur wenig von Lena weiß, denkt er, so fällt mir doch immer mehr auf, was für ein wunderbares kleines Wesen sie ist, wie sie immer zutraulicher wird und wie gern ich ihr jeden Tag begegne. Vorläufig ist es ja gar nicht notwendig, mehr über ihr Leben zu wissen als das, was ich auf unserer Bank von ihr sehe und erfahre.

Aus der Waschküche im Keller des Hauses Nummer elf hört man Geschrei, Geplansche, Lachen, Weinen.
»Ich will zuerst!«
»Nein, ich!«
»Ich will aber nicht in dreckiges Wasser!«
Es ist Samstag, die Kinder müssen bei Kralls eins nach dem anderen in den Waschzuber. Nur Kristina nicht, sie ist zu groß. Sie ist schon fast in der Pubertät und hat das Vorrecht, ohne Zuschauer zu baden.
»Gib mir die Seife!«
»Du tust mir weh!«
»Ruhe, verdammte Bande!« Mutter haut mit der groben Stielbürste auf den Rand der Wanne.
Schrubben, bis die Haut rot ist wie ein Krebs. Die Laune der Mutter ist schlecht, merkt Lena; an ihrem Mann hat sie ja nicht viel Hilfe. Der Tag, an dem der Stadtinspektor kommen soll, naht wohl bedrohlich. Wahrscheinlich nächste Woche. Das heißt, heute normaler Badetag, ein zusätzlicher am Anfang der Woche und dazu noch die ganze Wäsche waschen, damit sie sauber in den Schränken liegt. Lena weiß, dass der Inspektor auf jeden Fall zufrieden sein muss nach der Besichtigung dieses Privatheims; der darf keine Beanstandungen haben. Die Kralls brauchen das Geld von der Stadt, sonst können sie nicht überleben – und die Kinder auch nicht.

»Los, die Nächste. Ab in die Wanne!«
»Ich will nicht!«

Was hört man am Abend im nächtlichen Hause? Gemurmel, Seufzen, Uhrenticken, Vogelrufe, Piepsen, Schlurfen und Schaben, Knarren von Treppen? Die Geister des Hauses? Und hört man da ein Kind schluchzen, das sich gegen den Schlaf sträubt, weil es im Traum zu viele Schrecken erlebt?
»Was hast du?«, wispert es in der Kammer.
Keine Antwort.
»Lena, bist du wach?«
»Was?«
»Hast du geträumt?«
»Weiß nicht.«
»Hast du geweint?«
»Nein.«
»Wirklich nicht?«
»Nein.«
»Aber ich hab's genau gehört!«
»Ich schlafe die ganze Zeit.«
»Tust du nicht!«
»Doch!«
Das Mädchen wischt sich mit dem Zipfel des Betttuchs über das Gesicht. Kristina beugt sich aus dem Bett.
»Lena?«
»Sei still.«
»Wenn du einen Stern siehst, kannst du dir was wünschen.«
»Ehrlich?«
»Ja, wenn ich es dir sage!«
Lena schaut zum Fenster. Dunkelheit, kahle schwarze Zwei-

ge, kein Stern. Sie schaut genau. Sie wagt nicht, die Augen zu schließen.
»Ich sehe keinen Stern!«
»Dann kannst du dir auch nichts wünschen!«
»Leise, sonst hört uns die Mutter.«
»Die ist müde, die schläft bestimmt schon. Ich hab gehört, wie sie mit ihrem Mann in der Küche geredet hat. Die waren so laut, dass man jedes Wort mitgekriegt hat.«
»Und was haben sie geredet?«
»Geheim.«
»Sag schon! Kriegst du neue Eltern?«
»Ja. Und du auch!«, ruft Kristina triumphierend.
»Ich?«
»Ja, du!«
»Wirklich?«
»Hab ich jedenfalls gehört!«
»Wann?«
»Heute Abend.«
»Nein. Wann krieg ich neue Eltern?«
»Ich weiß nicht! Bald, haben sie gesagt. Freust du dich nicht?«
»Nein, gar nicht.«
»Wieso, willst du nicht endlich weg hier?«
»Jetzt hab ich einen Stern gesehen!«
»Dann wünsch dir doch was!«
Holt mich der dünne Mann?
»Was hast du dir gewünscht?«
»Geheim.«

Franz ist mitten im Lesen unterbrochen worden, denn das Mädchen ist von der Bank gesprungen. Jetzt steht sie auf dem Rasen und schaut zum anderen Ende des Parks.

»Wartest du auf jemand?«, fragt er.

»Ich dachte, da ist Kristina«, sagt Lena und wendet sich wieder Franz zu.

»Wer ist Kristina?«

»Die wohnt auch da, wo ich wohne.«

»Ist sie deine Schwester?«

»Nein.«

»Deine Freundin?«

»Ich glaub schon.«

»Ruf sie doch einfach her, Lena.«

»Sie hat die Briefe gelesen. Und auch die Zeichnungen gesehen.«

»Du meinst die Briefe, die deine Puppe dir geschickt hat. Du hast sie ihr gezeigt?«

»Ja. Fast alle.«

»Und was sagt sie?«, fragt Franz weiter.

»Sie ist neugierig. Aber bald hat sie neue Eltern. Ich vielleicht auch ... Dann bin ich weg ...« Erschrocken hält sie inne, als hätte sie schon zu viel gesagt.

»Wo bist du dann?«

»Weiß nicht. Irgendwo.«

»Werdet ihr verreisen? Oder zieht ihr um? In eine andere Stadt?«
»Weiß nicht.«
»Aber das musst du doch wissen!«
Sie schweigt. Sie steht vor ihm, die Augen zu Boden gerichtet. Franz kommt sich hilflos vor. Gegen seinen Willen hat er einer dummen Neugierde nachgegeben. So kommt er nicht hinter ihr Geheimnis.
»Mutter hat gesagt, wir dürfen nichts sagen.«
»Deine Mutter?«
»Ich darf nichts sagen, Herr Franz.«
Lena starrt weiter auf den Boden. Mutter Krall hat es wirklich verboten. Es hat zwei Mal lautes Schimpfen und strengen Stubenarrest gegeben, weil ein paar Kinder draußen zu viel erzählt haben. Über neue Eltern für Kinder aus dem Pflegeheim soll striktes Stillschweigen bewahrt werden. Es bleibt geheim, zu welchen Eltern welches Kind kommen wird. Anordnung vom Amt. Frau Krall will da auf keinen Fall Ärger mit der Behörde. Das weiß auch Lena, das wird den Kindern eingeschärft von klein auf. Ehernes Gesetz! Die Mädchen und Jungen reden nur untereinander darüber und auch nur, wenn Mutter oder ihr Mann nicht in der Nähe sind.
»Kann man sich was wünschen, wenn man einen Stern sieht, Herr Franz?«
»Ja, wenn man einen Stern sieht, der zur Erde fällt, dann kann man sich was wünschen.«
»Wann fällt ein Stern zur Erde?«
»Wenn ein Wunsch eines Menschen in Erfüllung gehen soll. Dann leuchtet es ganz hell am Himmel. Eine Sternschnuppe

ist vom Himmel gefallen! Das ist ein Stückchen von einem Stern.«
»Ich will noch nicht weg von hier. Und ich wünsche mir, dass meiner Puppe nichts passiert!«
Sie sieht ihn an, mit zur Seite geneigtem Kopf. Was sagen ihre Augen? Sie stellt eine Frage, er merkt es genau. Was will sie wissen?
Dong, dong!
»Ich muss los!«
»Warte, Lena, ich begleite dich!«

Lena läuft quer durch den Park nach Hause. Sie muss sich beeilen, gleich ist Mutter von Fiebigs zurück. Sie will ihr nicht begegnen. Mutter würde Fragen stellen, würde wissen wollen, was sie um diese Zeit im Park macht und warum sie nicht beim Mittagsschlaf ist, den Mutter Krall wieder verordnet hat. Die Kinder sollen gesund und ausgeruht aussehen. In diesen Tagen wird besonders darauf geachtet. Nein, Mutter darf sie jetzt nicht treffen, die würde auch den Brief sehen, den sie beim Laufen in der Hand hält. Sie würde wissen wollen, was da drinsteht, woher das ist. Sie würde sich wundern, sie würde sehr misstrauisch werden, wenn ihr diese Post in die Hände fällt. Ein Brief von einem fremden Mann, den Lena jeden Tag im Park trifft! Ein Wunder, dass sie es bis jetzt noch nicht mitbekommen hat! Aber es war viel los in der letzten Zeit. Bei Fiebigs brummt der Laden. Schon mittags voll mit Arbeitslosen, die die Zeit totschlagen.
Lena rennt noch schneller, bis sie keuchend den Zaun am Hinterhaus erreicht hat. Sie schiebt ein Brett zur Seite,

schlüpft durch die Lücke wie schon viele Kinder vor ihr und springt die Hintertreppe hinauf.

Im letzten Brief erzählt Mira davon, wie sie weiter mit Babette und Brabant durch das Land gezogen ist, wie sie in eine Stadt am Meer kamen und ihren Stand auf einem großen Markt am Hafen aufbauten. Seit dem Jahrmarkt, wo sie den Himmelreichleuten, dem Bären und dem Affen begegnet war, ließen die beiden Alten sie nicht mehr aus den Augen. Als wüssten sie, dass die Sehnsucht das Mädchen, das sie zu ihrer Tochter machen wollen, schon bald fort von ihnen führen würde. Umso aufmerksamer verfolgten sie jeden ihrer Schritte, wollten sie gar nicht weg vom Stand mit ihren Waren lassen.
Doch der Abschied kam schneller, als Mira gedacht hatte. Ein Seemann kam an den Stand, nahm dieses und jenes in die Hand, weil er einen Stoff, ein hübsches Band für seine Frau suchte, und er erzählte, dass sein Schiff, die Santa Maria, morgen ablegen würde. Und wohin ging die Reise?
»Nach Brambilla«, sagte der Seemann, vier oder fünf Tagesreisen an die südliche Küste, wo seine Familie lebte, wo die Winter warm waren und wo der Zirkus Rabanelli in den Dünen sein Quartier bezogen hat.
Rabanelli! Sie erinnerte sich an den Namen. Der Zirkus mit dem Reklameballon! Der lachende Clown! Das Luftschiff, mit dem sie hoch in den Wolken die Stadt verlassen hatte!
Rabanelli, Rabanelli . . . da will ich hin . . . das ist ein Ziel, ein Zirkus in den Dünen an der südlichen Küste. Das klingt so verlockend . . . Miras Entschluss stand fest.
Und so kam es, dass sich das Puppenmädchen in der Nacht,

als Babette und Brabant in ihrem Händlerkarren schliefen, heimlich und leise von ihrem Lager erhob, noch einmal die Mähne der braven Suse streichelte, rasch an die Kaimauer lief und sich auf die Santa Maria schlich, die im Morgengrauen nach Brambilla aufbrechen würde.

Ob sie nicht Lust hätte, sich nun endlich sein Berliner Zuhause anzuschauen, steht in Kafkas Brief an die Lieblingsschwester Ottla. Vor zehn Tagen hatte sie einen Besuch abgesagt wegen dringender Arbeiten auf ihrem Bauernhof. Nun solle sie aber kommen, drängt der Bruder, damit sie sich ein Bild machen kann von den kleinen Sorgen seines Berliner Lebens, besonders vom Glück, mit dem Fräulein Dora hier zu wohnen, auch wenn sie wegen der Hauswirtin bald in eine andere Wohnung übersiedeln werden.

»Ich schreibe dir im schwachen runden Schein einer neuen Petroleumlampe, die Dora besorgt hat«, schreibt er. Er grüßt Ottlas Mann und die Kinder, er erzählt von einem kleinen Mädchen, das er fast jeden Tag im Park treffe, dem er Briefe schreibe von den Reisen ihrer Puppe, die sie verlassen habe, um durch die Welt zu fahren. Wenn seine Müdigkeit ihn nicht Nacht für Nacht besiegen würde, steht in dem Brief, wären seine Reisen auf dem Papier von unvorstellbarer Ausdehnung in Länder und Kontinente, von denen die Menschen nie gehört haben. Ja, sie würden durch das ganze Weltall führen und würden von den unglaublichsten Abenteuern berichten. So aber reiche die Kraft nur für kleine Sprünge, und die Reiseberichte müssten jetzt vorzeitig beendet werden.

»Meine Krankheit, liebe Ottla? Du willst wissen, wie es um

sie steht? War Freund Max bei dir? Hat man dir etwa Falsches über meinen Zustand berichtet? Glaub es nicht, liebste Schwester, ich spüre sie zurzeit kaum in diesem schönen Herbst!« Die Puppenreise lenke ihn ab; im Großen und Ganzen sei alles viel besser geworden, seit er hier in Berlin ist, schreibt er. Bei der Arbeit störe die Krankheit ja gar nicht, denn das Schreiben könne auch eine köstliche und alle Beschwerden heilende Angelegenheit sein, wenn man dadurch in der ganzen Welt herumkomme.

»Wenn du kommst, liebe Ottla«, schreibt er zum Schluss, »bringe Bettwäsche mit. Für ein Geschenk zu deinem Geburtstag am 28. Oktober wird gesorgt sein, auch wenn ich die Zahl deiner Jahre nicht weiß, sie mir nicht merken kann, denn für mich wirst du einfach nicht älter. Unser Zimmer wird am Tag deiner Ankunft für dich mit Schokoladenplatten tapeziert werden und oben an der Zimmerdecke, schief in der Ecke, wird eine riesige Strahlensonne aufgehängt, um dich zu feiern! Dora wird das Tamburin spielen, ich werde dazu tanzen! Ja, du hast recht gelesen, ich werde für dich tanzen, liebe Ottla, denn so fühle ich mich in diesem warmen Berliner Oktober, da ich immer noch jeden Tag in den Park gehen kann, auch zu den Einkäufen, zu denen mich Dora nicht erst schicken muss, denn ich mache mich gern und freiwillig auf den Weg zum Milchladen und zum Kaufmann, um Honig und Früchte zu kaufen, vorausgesetzt, unser Geld hat sich über Nacht vermehrt. Ein Verzeichnis der Sachen, die ich brauchen könnte, schließe ich gleich hier an, liebste Ottla, ich will es nicht an die Eltern schicken; der Vater hätte nicht den richtigen Sinn dafür.«

Das braucht er Ottla nicht näher zu erklären. Sie weiß von

den Kräften, von denen sein Leben bestimmt wird. Von seinen Ängsten hat er ihr heute nichts geschrieben. Er hätte einen ganzen Briefabsatz lang davon berichten können, welche neuen düsteren Prognosen sein Bekannter aus dem Park, der alte Oberst, wieder von sich gegeben hat. Deutschland wird in spätestens vier Monaten zugrunde gehen, meint er, weil der Dollar jetzt schon über achthundert Millionen steht und die Regierung das nicht mehr im Griff hat. »Wie lange werden wir noch zu essen haben; was wird die nächste Einschränkung sein?«, hatte er ausgerufen.
Nein, davon berichtet er der Ottla heute nicht, sondern fügt noch ein poetisches Bild hinzu von seinem Mittagsspaziergang durch die mit doppelten Baumreihen bestandenen Alleen. »Braunroter Herbst, milde Luft«, schreibt er, »du gehst über das knisternde Laub in dieser wehmütigen Schönheit, und sobald man ein wenig zur Seite blickt, kann die Welt so anders werden, so geheimnisvoll und reich.«
Und als PS steht die Bitte, dass die Schwester dem Direktor der Versicherungsanstalt doch mitteilen möge, dass im Ganzen berichtet werden könne, dass der Aufenthalt ihres ehemaligen Angestellten, des frühpensionierten Vizesekretärs Dr. Franz Kafka, in Berlin-Steglitz sich bisher auf dessen Gesundheitszustand sehr günstig auswirke. Und deswegen sei es notwendig, noch eine Zeit hierzubleiben, freilich immer unter der Voraussetzung, dass die Teuerung nicht eine vorzeitige Rückkehr nach Prag erzwinge. Im fälligen vierteljährlichen Rapport an die Pensionskasse werde demnächst auch das angeforderte Foto als die notwendige Lebensbestätigung beigelegt.

»Du bist schon da!«

Mit langen Schritten ist Franz herbeigeeilt, als er von Weitem das blaue Kittelchen mit den weißen Streifen sah. Er betritt den Ort der Geschichten, geht zur Bank zwischen dem Rhododendron. Dort hockt das Mädchen, die Beine ganz hochgezogen, die Arme um die Knie geschlungen, als wolle sie sich ganz klein machen. So erwachsen ist ihr Ausdruck, mit einer Falte am Mundwinkel, die Augen groß auf Franz gerichtet.

Hat das Mädchen geweint?

»Was hast du, Lena?«

»Ich habe gedacht, du kommst nicht mehr.«

»Schau, ich bin da!«

»Kein Franz mehr, habe ich geträumt. Nie mehr. Kein Brief mehr, keine Mira mehr!«

»Hier ist aber eine neue Nachricht von ihr!«

Kafka zieht triumphierend eine Karte aus der Tasche.

»Stell dir vor, Lena«, sagt er und zeigt umher, »wir befinden uns hier in einer Stadt am Meer. Wir riechen, lange bevor wir den Ozean sehen, die salzige Luft, wir hören die schrillen Rufe der Möwen, die schnell wie ein Blitz durch den Himmel sausen; wir hören das ferne Tuten der Dampfer, die auf dem Weg in den Hafen sind. Wir sehen den Rauch ihrer Schornsteine am Horizont. Siehst du es, Lena?«

Das Mädchen sieht sich um. Franz beschattet mit der Hand die Augen.
»Dort, das unendliche Wasser!«, ruft er aus.
»Ja«, sagt das Mädchen. Beide sehen hinaus zum Horizont, wo der Ozean sich rundet.
»Aber wo mag deine Mira sein?«, fragt Kafka. »Auf diesem Schiff? Oder auf dem da? Welches ist die Santa Maria?«
»Ich sehe es!«
»Wie sie auf das Schiff schleicht?«
»Wie keiner hinguckt!«
»Wie sie sich versteckt!«
»Hinter dem Schornstein!«
»Unter dem Rettungsboot!«
»Als alle noch schlafen!«
»Ich sehe es!«
»Sie fährt über das Meer!«
»Das Schiff fährt los!«
»Keiner hat sie bemerkt!«
»Das Schiff ist schon auf hoher See!«
»Lebt wohl, Babette und Brabant! Auf Wiedersehen, Suse!«
Auf der Wiese sammeln sich die Stare, ein Wind fährt durch die trockenen Blätter und kündet von fernen Horizonten. Die Uhr? Heute bleibt die Zeit stehen, denn es wurde Tag, es wurde Nacht. Das Reisemärchen der Reisepuppe geht weiter.

In der zweiten Nacht hat sie sich aus ihrem Versteck hervorgewagt. Über ihr war der Himmel. Unzählige Sterne blinkten. Vier besonders helle Sterne zeigten der Santa Maria den Weg nach Brambilla. Sie hatten die Form des Zirkus, denn

zwischen den hellen Sternen glitzerten wie an einer Schnur gezogen viele kleinere Sterne, als hätte man die Masten mit den Lichterschnüren da oben aufgebaut.
Ein großer Vogel auf dem Rand des Rettungsboots sah sie mit runden, ruhigen Augen an. Wer bist du und wo kommst du her, großer Vogel, wollte sie wissen. Ich bin ein Albatros, hat er geantwortet. Ich verbringe die meiste Zeit meines Lebens in der Luft und komme nur herunter, um Eier zu legen und um meine Jungen auszubrüten. Du hast bestimmt alle Schiffe gesehen, die über das Meer nach Süden gefahren sind, hat Mira gefragt. Ja, antwortete er, ich kenne alle Schiffe auf den Weiten des Ozeans bis zu den fernen Inseln der Schildkröten. Nur wenn die Stürme kommen, weichen wir ihnen aus und steigen hoch bis fast zur Sonne, damit wir von den Geistern der Dunkelheit nicht erfasst werden. Sag mir, Albatros, hat sie gefragt, ob diese Geister auch den Schiffen gefährlich werden können. Was machen die Geister mit den Schiffen? Der Vogel sprach von riesigen Kraken, die aus der Dunkelheit des Ozeans heraufsteigen und mit ihren Fangarmen Schiffe hinabziehen, dass man nie wieder von ihnen hört.

»Was ist ein Krake?«
Franz steht auf und führt noch ein pantomimisches Kapitel vor auf ihrer Zauberbühne, entfaltet seine langen Fledermausglieder. Der Himmel ist klar, die Stare steigen auf, stoßen spitze Schreie aus. Möwenschreie? Der Wind braust, die Zweige reiben aneinander, Rufe entfernen sich. Der Schatten bewegt sich zur Bank hin. Arme sind zu erkennen, sie schlängeln ineinander, kommen näher, näher.

»Der Krake!«
»Da ist er!«
»Er greift nach dem Schiff!«
Acht Arme bräuchte man! Wie er sich schlangengleich windet, wie er seine Glieder ineinanderschlingt und wieder löst! Wie er sie in Krakenarme verwandelt, wie er den Körper beugt und streckt, um die Fangbewegungen zu zeigen! Und wie der Schatten dieses Wesens sich auf der Erde zeigt, wie er sich nach der Beute streckt, nach dem Schiff, nach einem Fisch oder nach nichts ahnenden Schwimmern!
»Ja, gleich hab ich dich!«
Beide müssen lachen, Lena und Franz, der hier zum Pantomimen wurde.
»Jetzt hat er sie! Verschlingt sie mit Haut und Haaren!«
Lachend lässt sich Franz auf die Bank fallen.
»Morgen ist Mira am Ziel!« Stolz ist er, strahlend drückt seine Miene das »Fährmanngefühl« aus, auch wenn in seinen Ohren das Meer braust, der Sturm seine Melodie heult, die Wogen donnern. Mira wird an einem fernen Strand erwachen, wo die Luft so warm ist wie ihr Blut, sie wird über warmen braunen Sand gehen, bis sie den Zirkus gefunden hat.
»Wo ist sie morgen?«
»Wir werden sehen.«

Zimmer aufräumen, fühlen, ob das Geheimversteck noch da ist, Sachen in den Schrank tun, auskehren, dabei träumen, sich was ausdenken, weiter mit dem Besen hantieren, weil Mutter reinguckt und sagt, draußen im Flur muss noch gekehrt werden; sich wieder was ausdenken, während Kristi-

na Richtung Küche verschwindet. Die muss schon mal anfangen, Möhren zu schaben. Das ist heute ihre Strafe, weil sie wieder mal zu frech war. Lena hat ihr versprochen, später zu helfen, wenn sie fertig ist mit dem Zimmer.
Dann bleibt sie wieder stehen, versunken in Bilder, die ihr das Meer zeigen, auf dem ein Mädchen mit zwei verschiedenfarbigen Augen als blinder Passagier fährt; das Schiff, das von den weißen Seevögeln und den silberbäuchigen Delfinen begleitet wird. Der Mond wie eine rote Orange über dem Wasser, auf dem unzählige Lichter glitzern. Durch ihre Träume weht der warme Wind des Südens das Schiff nach Brambilla. Viele Kinder, die plötzlich an der Reling aufgetaucht sind, summen eine Melodie für die Delfine. Fest hält sie die von Franz gezeichnete Landkarte in der Hand. War nicht die Rede von einem Sturm? Der Schornstein des Schiffes auf der Zeichnung, schwarzer Rauch. Ein blindes Kind, das auf der Reling tanzt. Huui!, saust der Wind um den Schornstein, das kann man richtig sehen. Huui!, jault er in den Drähten und Seilen, die über das Rettungsboot gespannt sind. Huui!, hört die tagträumende Lena, die eigentlich aufräumen soll, den Franz rufen.

Sie blickt um sich. Wo ist sie? Ein Stück Mond am Fenster. Das Schiff? Das Meer? Es bleibt still, nichts ist zu hören. Etwas knistert, Lena blickt noch einmal auf die Karte, ehe die zurück in den Geheimkasten kommt. Ein Pfeil ist zu sehen, mit rotem Stift gemalt. Er weist auf ein Wort: Brambilla!

Der Mond steht hell über der Stadt. Oktobermond. Auch viele Sterne strahlen in diesem Herbst wie nie. So sind die Plejaden, das Siebengestirn am Rande der Milchstraße, die man auch die Novembersterne nennt, schon klar zu erkennen. Die Temperaturen nähern sich den normalen Werten und das heißt, das kühlere Kontinentalklima setzt sich in Berlin durch, scharfe Kältetiefs dringen nach Osten heran, das Wetter entspricht den Voraussagen, der Winter kündigt sich langsam an und die fünfundzwanzig Grad waren die Ausnahme.

»Wir wollen mehr einheizen«, erklärt Franz.
»Frierst du, Liebster?«
Dora nimmt ein Holzscheit aus der Kiste. Im Ofen glüht das Brikett, das sie jeden Abend ihrem kleinen Vorrat entnehmen, um das Zimmer für die Nacht ein wenig zu wärmen. Zum Glück war es in diesem Monat tagsüber noch nicht notwendig gewesen zu heizen.
Er reicht ihr vom Regal eine Handvoll Papier.
»Was ist das?«
»Altes, unnützes geschriebenes Zeug. Es sollte uns jetzt wenigstens ein bisschen wärmen.«
»Du willst Manuskripte verbrennen?«
»Mach die Ofenklappe auf, Liebste!«

»Das kann ich nicht, Franz.«
»Es ist ganz leicht.«
Damit tritt er zum Ofen, nimmt das oberste Blatt, öffnet mit einem Schwung die Klappe und wirft es hinein.
»Mitunter können Worte auch wärmen, Dora.«
Er wirft weitere Blätter ins auflodernde Feuer und weist zu anderen Papieren auf dem Tisch.
»Gib mir noch das schwarze Heft!«
»Nein, das tu ich nicht, Franz!«
»Doch, denn es wird höchste Zeit, Ordnung zu machen!«
Mit energischer Geste fordert er sie auf, ihm das Heft zu geben.
»Schau es doch wenigstens an, bevor du es verbrennst.«
Er wirft einen Blick auf das Geschriebene.
»Oh nein, was habe ich denn da nur geschrieben?«
»Was ist das?«
»Viel zu ernst, dieser Text! An jedem Wort hängen Zentnerlasten! Weg damit! Gib mir das nächste!«
»Ich sage doch, das tu ich nicht!«
»Dann gebe ich es dir und du wirfst es ins Feuer, Dora! Das ist eine Arbeit, die müssen wir gemeinsam erledigen!«
»Aber dein Schreiben bedeutet dir so viel!«
»Das, was ich wirklich schreiben möchte, das kommt erst noch. Das hier ist nur Ballast!«
Er blickt auf ein neues Blatt, verzieht in gespieltem Entsetzen das Gesicht.
»Nein!«, ruft er aus. »Diese angefangene Erzählung soll niemand zu Gesicht bekommen! Auf den Scheiterhaufen!«
Dora zögert, als er ihr weitere Manuskriptseiten gibt und sie mit energischer Geste auffordert, sie in den Ofen zu werfen.

»Ja, weg damit! Das sind alte Briefe und Notizen, die keine Verwendung mehr finden werden. Das ist aus lange vergangener Zeit und steht als Barriere vor unserer Zukunft!«

Zaghaft nimmt sie die Blätter, übergibt eines nach dem anderen dem Feuer. Sie sieht nachdenklich in den Schein der Flammen, der flackernd auf ihrem Gesicht tanzt. Er weiß, wie wenig sie mit seinem Schreiben anfangen kann. Hat sie nicht einem Freund von ihm geschrieben, er solle ihr helfen zu verstehen, was Franz schreibt? Von einer sonderbaren Welt in seinen Erzählungen hat sie gesprochen, die ihr aus einem Traum zu stammen scheint. Bitte, Max, so schrieb sie in ihren Zeilen, die eigentlich nur als Grußzeilen unter einen Brief von Franz gedacht waren, bitte sag mir, warum er seine Hauptfiguren so gern in Tiere verwandelt? Ich kann nicht begreifen, was er sagen will. Ich verstehe nur, dass er ein Wissen hat, das ich nicht habe.

»Weg auch damit!«

»Franz, hör auf!«

»Bitte, Liebste! Wie soll ich sonst das bisherige Schreiben vergessen können, wenn ich es nicht vernichte? Ja, hinein ins Feuer!«, ruft er in fast fiebrigem Eifer. »Auslöschen, was man das ganze Leben lang in den schlaflosen Nächten geschrieben hat. Traurige Geschichten, die keine Freude machen und die nichts bewirken. Verirrungen und Verwirrungen. Hier dieses Theaterstück, angefangen, nicht fortgesetzt! Und eine Novelle – jetzt soll uns das alles wärmen, das war ihr Sinn! Wie frei man wäre, wenn man nicht immer ans Schreiben denken müsste! Übrigens habe ich Max gebeten, ebenfalls alles zu vernichten, was er an Manuskripten von mir hat.«

Franz hält inne, als er einen Blick auf das nächste Blatt wirft.
»Halt, das nicht!«
»Ein Glück, dass du endlich zur Vernunft kommst.«
Er setzt sich mit dem letzten Manuskriptblatt, das er beinahe in den Ofen geworfen hätte, an den Tisch und fängt an zu schreiben.
»Diese Geschichte braucht noch eine Fortsetzung!«
»Du hast aber versprochen, Franz . . .«
»Ich halte mein Versprechen. Die Puppenreise wird zu Ende gebracht.«
»Franz, ich weiß, du bist dagegen. Aber willst du ihr das nicht geben?«
Dora zeigt ihm die neue Puppe, die fertig ist. Mit einem roten Kleid, langen blonden Haaren und mit aufgenähten Stiefeln an den Stoffbeinen.
»Wunderbar, Liebes.« Franz schaut mit einem Lächeln auf ihre Arbeit.
»Wie schön sie ist! Ich glaube, sie sieht dir ähnlich!«
»Seit wann habe ich blonde Haare?«, lacht Dora.
»Nun, ein bisschen Ähnlichkeit ist da, jedenfalls was die Schönheit angeht.«
»Du Schmeichler! Aber im Ernst, willst du sie mitnehmen?«
»Vielleicht sollten wir sie behalten und mit auf die Reise nach Palästina nehmen. Als Erinnerung an Berlin und an das kleine Mädchen im Park.«
»Ach, schenk sie ihr doch!«
»Für Lena ist ihre Puppe aber lebendig geworden. Außerdem ist dein Meisterwerk wohl etwas kleiner, als sie in Wirklichkeit war.«

»Das Reisen hat sie eben verändert. Ich bin sicher, du würdest dem Mädchen eine große Freude machen.«
Zwei oder drei Mal haben sie diese Diskussion schon geführt. Bisher hat sie ihn nicht überreden können. Jetzt sagt er: »Gut. Als Abschiedsgeschenk, zusammen mit der letzten Botschaft.«

Und dann?«

Das Schiff war im Hafen von Brambilla angekommen. Es war nicht aufgefallen, dass ich mich von Bord schlich. Von einem Zirkus, von dem der Seemann erzählt hatte, war nichts zu sehen. Also machte ich mich auf den Weg. Immer am Strand entlang, denn hatte der Mann nicht davon gesprochen, dass der Zirkus in den Dünen zu finden sei? Ohne müde zu werden, lief ich in einem fort, viele Stunden lang, die sich wie Perlen an einer Kette aneinanderreihten. In der Ferne erblickte ich manchmal die Masten eines Seglers, einmal schwebte ein Ballon über die Linie des Horizonts dahin, als wolle er sich vergewissern, dass alles in Ordnung war mit mir. Der Tag ging dahin, die Dämmerung kam, die Seevögel wiesen mir weiter den Weg, bis ich in der Ferne Hundegebell hörte. Eine Reiterin kam über den Strand, hielt neben mir an.

»Wo willst du hin, Mädchen?«

»Gibt es hier einen Zirkus mit dem Namen Rabanelli?«, fragte ich zurück.

»Und dann?«

Elvira, so hieß die Reiterin, nahm Mira ein letztes Stück des Weges mit. Ihr Pferd hieß »Blitz«. Mit ihm trat sie im Zirkus auf.

»Danke, Elvira, danke, Blitz, danke, Seemann, danke, Albatros, danke, Babette, danke, Brabant und danke euch allen, die ihr mich bis hierher begleitet habt,« rief das Puppenmädchen, als wenig später dort, wo der Fluss ins Meer mündet, das bunte Zirkuszelt auftaucht. Die roten und blauen Zirkuswagen, die gelben Monde auf den Masten, die vielen bunten Lichter, die sie gesucht hatte!

»Und dann?«
Sie soll die Augen schließen, so hört sie, und mit Mira in das Zelt gehen.
Das Puppenmädchen hat ihr Ziel erreicht, denn seit sie die Seiltänzer auf dem Dorfplatz gesehen hat, war es ihr Wunsch, so zu werden wie die Himmelreichfrau. Tanzen auf einem schwankenden Seil, sodass sich ein Seufzer im Zirkuszelt erhebt, vor Schreck zuerst, dann vor Erleichterung und Begeisterung, wie es bei ihr damals war, als Babette sie so fest an der Hand hielt. Auf einem Bein stehen, dass man aussieht wie ein großer, komischer Vogel. Durch einen leuchtenden Reifen springen, der wie von Geisterhand gehalten in der Luft schwebt. Über Springseile springen, mit farbigen Bändern spielen und tanzen über schwingende Seile im Rhythmus der Zirkusmusik, leicht und schwerelos. Dabei die Zuschauer necken und erschrecken, ins Stolpern geraten, das Gleichgewicht verlieren und so tun, als würde man jeden Augenblick in die Tiefe stürzen …

»Und dann?«
Von Jongleuren hört Lena, von Zauberern, die Löwen in der Manege verschwinden lassen können, von Drachen, die Feuer speiend durch das verdunkelte Zirkusrund fliegen und als bunte Papageien auf einer Stange landen, von Elvira

mit Blitz ist die Rede, wie sie von ihrem Vater, dem Direktor in Frack und Zylinder, angekündigt wurde mit den Worten »Hola! Señorita Elvira, die Kunstreiterin aus dem fernen Mexiko!« Wie die Reiterin nach einem Salto auf dem Pferderücken den stürmischen Beifall des Publikums bekam und Küsschen in die Menge warf. Wie dann Bobby, als der schlauste Hund der Welt angekündigt, zusammen mit Beppo, dem Clown mit der leuchtend roten Nase, mit dem zerdrückten Hut und in den karierten, viel zu großen Sachen und den riesengroßen Schuhen und mit den fünf Papageien, die auf ihrer Stange sitzend hereingetragen wurden, Rechenkunststücke vorführte. Auch von einem Karussell wird erzählt, auf dem der Magier Mr Dark sich älter machen kann, wenn er vorwärtsfährt, und jünger, wenn es rückwärtsgeht.
Stundenlang könnte sie von all diesen Dingen berichten, schreibt die Mira. Aber sie hat ja jetzt gar keine Zeit mehr, so viel Neues stürzt auf sie ein. Von Mario, dem Trapezmann, erzählt sie aber noch, der hoch oben in der Kuppel noch niemals gesehene Schwünge, Drehungen und Überschläge in der freien Luft zeigte, ohne dass ein Netz ihn hätte auffangen können, wenn er bei einem Salto die Stange seines Trapezes verfehlt hätte. Aber das würde nie geschehen, denn, wie der Direktor in seiner Ansage rief, für diesen Künstler ist das Trapez seine Heimat. Nie würde er es verlassen, solange das Zelt steht. Keiner hat ihn je auf dem Boden der Manege gesehen.

»Und dann?«
Später, als die Vorstellung zu Ende war, ist Mira zu Mario

hinaufgestiegen. Diesen König der Lüfte wollte sie kennenlernen, und ohne lange zu überlegen, bestieg sie die Strickleiter, die, als alle Zuschauer fort waren, leer und verlassen in der Manege hing. Oben saß Mario auf seinem Trapez, schaukelte hin und her im leichten Luftzug, der durch eine geöffnete Zeltklappe zog. Ein Sonnenstrahl fiel herein; der Künstler sah glücklich aus und schien sich gar nicht zu wundern über diesen ungewöhnlichen Besuch. Er habe sie schon während der Vorstellung gesehen, erklärte er Mira. Da habe er sich schon gedacht, dass sie ihn besuchen komme, so wie sie dauernd heraufgeschaut habe.

Mira setzt sich neben ihn auf das Trapez und hält sich mit einer Hand am Haltestrick fest.

»Warum kommst du nicht herunter?«, fragt sie.

»Ich kann nicht mehr unten leben.«

»Warum nicht?«

»Es ist meine Bestimmung. Ganz einfach. Jeder muss das tun, was für ihn bestimmt ist.«

»Ist es dir nicht unbequem?«

»Nein, denn ich kann mir das Leben nur hier oben vorstellen. Sonst nirgendwo. Nur dann kann ich meine Kunst vollkommen ausüben, wenn ich Höhenluft atme.«

»Aber man muss manchmal nach unten.«

»Die Direktion tut alles, damit meine Wünsche erfüllt werden. Sie lassen mir Essen und Trinken bringen, sie versorgen mich mit allem Nötigen. Sie wissen eben, dass ich ein unersetzlicher Künstler bin. Keiner in der Welt kann das, was ich kann.«

»Ist dir nicht langweilig?«

»Nein, nie. Du siehst doch, wie schön es hier oben ist. Außerdem bekomme ich jeden Tag Besuch von Elvira, von Beppo, von Mr Dark und anderen. Manchmal kommen auch die Arbeiter durch die Klappe herein, weil sie irgendwelche Reparaturen draußen vornehmen.«

»Und wenn der Zirkus weiterzieht?«

»Das ist eine schreckliche Zeit. Man stellt mir die schnellsten Wagen zur Verfügung, damit ich von einem Ort zum anderen rasen kann. Wenn es länger als acht Stunden dauert, werde ich krank und kann nicht mehr auftreten.«

»Kann ich dich hier oben immer besuchen?«

»Wann immer du willst. Ich freue mich, dich kennengelernt zu haben.«

»Ich will unbedingt Seiltänzerin werden.«

»Das ist ein sehr schöner Beruf.«

»Willst du nicht mein Lehrer sein?«

»Und dann?«

Mira, die Seiltänzerin werden will, wird in die Schule des Trapezmannes gehen. Nach kurzem Zögern habe er zugestimmt, berichtet sie am Ende ihrer langen Botschaft. Er werde ihr vieles beibringen können, da sein Beruf verwandt sei mit der Kunst des Seiltanzens. Bei beidem gehe es um die Überwindung der Schwerkraft. Diese Ausbildung werde lang und anstrengend sein, das müsse sie wissen. Mira erklärte ihm, sie wisse aus tiefstem Herzen, dass es das Richtige für sie sei.

»Morgen beginnt die Seiltänzerschule«, schreibt Mira. »Wir wollen die ganze Zeit, wenn keine Vorstellung ist, üben. Mario will mir alles beibringen, damit ich bald auch ganz beim Zirkus dabei sein kann. Der Direktor hat schon sein

Einverständnis gegeben. Ich weiß nicht, ob ich noch Zeit habe, dir Briefe zu schreiben. Sei nicht traurig. Ich habe dich ganz lieb, Lena.«

»Ist die Geschichte zu Ende?«
Die Uhr vom Steglitzer Kirchturm schlägt zwei Mal.

Und nun machen wir noch ein Bild von Ihnen, mein Herr«, sagt der Fotograf zu Kafka. Der sitzt steif auf dem Stuhl, den Hut in der Hand. Eine Weile hat er sich gesträubt, aber dann hat er sich von Dora doch überreden lassen, mit der Straßenbahn in die Innenstadt zu Hermanns Photo-Atelier und Souvenir-Laden in der Nähe des Kurfürstendamms zu fahren. Dora hat ihn daran erinnert, dass er im Brief an Ottla zur Vervollständigung der Rentenunterlagen für die Versicherungsanstalt ein Foto angekündigt hat.

»Bitte, mein Herr, wenn Sie sich hierher bemühen würden.« Der Fotograf redet leise, fast zart zu dem Mann, der sich scheu und unsicher erhebt und dabei unschlüssig den Hut in der Hand dreht.

»Sie brauchen es nur Ihrer Frau Gemahlin nachzumachen. Bitte sehr!« Hermann weist zum Vorhang hin, wo Dora gerade für ein Foto gesessen hat und vor dem der Kunde sich postieren soll. Sein Gesichtsausdruck, seine Stimme ist die des leutseligen gewieften Geschäftsmannes, so als rede er mit Kindern, wie sie oftmals gerade im Herbst und vor Weihnachten in Begleitung der Mütter hier im Atelier auftauchen. Die Freundlichkeit und die gespielte Sanftheit helfen, dass die Kleinen ihre Furcht vor den schwarzen Apparaten und den beiden Scheinwerfern links und rechts vom Stuhl verlieren.

Dora hat die Prozedur bereits hinter sich. Mit dem Fotografen hat sie den Preis für die beiden Aufnahmen von sich und Franz ausgehandelt: vierhundert Billionen für je zwei Abzüge. Ein Foto von ihr für ihre Eltern in Ostpolen. Sie haben eine Weile nichts von ihrer Tochter gehört, nun werden sie sehen, wie glücklich sie wirkt auf dem Bild, das man soeben von ihr gemacht hat. Das Lächeln der fünfundzwanzigjährigen Frau auf dem schönen runden Gesicht hatte keine Spur von Künstlichkeit. Ihr Kopf war nach links geneigt, der Schal locker um den Hals geschlungen, die vollen, sinnlichen Lippen leicht geöffnet, das Haar nach hinten gebürstet. Der forschend-hintergründige Blick zeigt nicht die Widrigkeiten des Berliner Lebens, sondern scheint sich auf neue Aufgaben zu richten.

Der Mann mit dem Knabengesicht lächelt freundlich, beharrt jedoch darauf, dass er stehen bleiben kann bei der Aufnahme. Der Fotograf zögert, spürt aber wohl, trotz aller Zurückhaltung, mit der er geäußert wird, die Entschiedenheit dieses Wunsches.

»Bitte, mein Herr! Wie Sie möchten! Etwas mehr nach links, bitte! Ja so! Und lächeln, der Herr! Schauen Sie hier in die Kamera und nicht immer zur Frau Gemahlin!«

Frau Gemahlin! Er wirft Dora einen Blick zu. Die Vorstellung gefällt ihm, hier als normaler Ehemann zu gelten. Und er fühlt sich inzwischen wie verheiratet. Das haben die wenigen Wochen mit dieser Frau bewirkt. Sie gibt ihm Sicherheit, ihr kann er sich anvertrauen. Doras Verhalten in der Öffentlichkeit ist selbstbewusst und forsch, man kann diese beiden als Ehepaar sehen, obwohl der Mann an ihrer Seite so fremdländisch wirkt und vom Gehilfen des Fotografen, der

nun auf dessen Zeichen hin neue Platten zurechtgelegt hat, auch neugierig gemustert wird.
»Achtung bitte!«
Hermann hat die Glasplattenkamera wieder eingerichtet, sie auf eine dreihundertstel Sekunde eingestellt, den Magnesiumblitz in der Pfanne vorbereitet.
»Achtung!«
Er schlägt den Funken, der Blitz flammt auf, das Bild von Franz ist fertig.
Die Lebensbestätigung.
Der Lebensnachweis für die Pensionskasse. Ottla wird ihn einreichen, zusammen mit einer dienstlichen Erklärung des aufgrund der Tuberkulose vorzeitig pensionierten Beamten, in der er versichert, dass er am Leben ist, auf dass die Rente nicht unrechtmäßig ausgezahlt werde. Hermann hantiert an seinem Apparat, nimmt die Platte heraus. Franz ist abgelichtet mit der gängigen Plaubel, während der Gehilfe herumwuselt und für Hermann Handreichungen erledigt. Auf diesem Bild bringt Franz nur die schwache Andeutung eines Lächelns zustande, im Ganzen wirkt es ernst und asketisch mit den vom tiefen Stirnansatz aus straff über die Fledermausohren zurückgekämmten Haaren, den dunklen Brauen über den intensiv blickenden dunklen Augen, den strengen Linien der geraden Nase und des schmalen Mundes, der ordentlich geknoteten, schräg gestreiften Krawatte über dem blütenweißen Hemd und in schwarzem Anzug und Mantel. Und wenn Franz eben noch seine liebste Dora angelächelt hatte, so strahlt er nun vor der Linse des Apparates keineswegs Glück aus, sondern er scheint scharf und genau zu beobachten.

Es wirkt, als falle das Licht nicht in diese Augen hinein, sondern aus ihnen heraus. Wie es aus einem Haus fällt, das in der Schwärze der Nacht steht.

Als sie das Photo-Atelier verlassen und hinaustreten auf die Straße, ist es kalt geworden. Ein scharfer Wind weht, Franz muss mit einer Hand seinen Hut festhalten, während Dora sich auf der anderen Seite bei ihm einhängt. Papier segelt über das Pflaster, wird vom Druck des Windes an einer Hausmauer festgehalten. Es handelt sich, wie zu sehen ist, um ein Plakat in schreiend bunten Farben. Franz bleibt stehen, liest:

Der Zirkus kommt!

Sarrasani mit der größten Schau Europas!

Menschen, Tiere, Sensationen!

Zu sehen ist ein Bild bunten Treibens in der Manege. Clowns, Elefanten, Jongleure und hoch oben ein Artist auf einem Trapez, das hinauf in die Kuppel schwingt.

»Warte!« Er will das Plakat von der Mauer nehmen, da treibt ein heftiger Windstoß es davon. Er fröstelt, zieht den Mantel enger um sich.

»Die schönen Tage sind vorbei, mein Liebster!«, sagt Dora. »Wir müssen uns eine andere Wohnung suchen, eine mit zentraler Heizung.«

Er beschleunigt seine Schritte. Sie hat Mühe, mitzuhalten.

»Hast du mir zugehört, Franz? Wir brauchen eine andere Wohnung. Es wird kalt. Gleich morgen müssen wir uns auf die Suche machen.«

Lena hört die Trommeln.
Das Scharren der Hufe von Blitz hinter dem roten Vorhang.
Alles entfaltet sich vor ihren Augen: wie Mira zum ersten Mal auf dem Seil tanzt. Wie vorher ein Mann in seiner roten Zirkusdirektoruniform mit den goldenen Knöpfen in die Manege kommt, den Zylinderhut in der Luft schwenkt.
Die Zirkuskapelle spielt einen Tusch!
Tatata taaa!
Hochverehrtes Publikum, liebe Kinder von Brambilla!, ruft der Direktor. Ich möchte heute eine ganz besondere Veranstaltung ankündigen! Applaus!
Tatata taaa!
Sie hört den tosenden Beifall von den Bänken.
Bravo! Bravo!
Diese Artistin gibt heute ihre erste Vorstellung im Zirkus Rabanelli!
Bravo! Bravo!

Und schon taucht sie auf in ihrem roten Umhang, an ihrer Seite ihr Lehrer Mario, der zum ersten Mal herabgestiegen ist aus luftiger Höhe, um bei ihr zu sein, um sie hinaufzubegleiten auf das Podest, wo das Seil befestigt ist.
Es wird ganz still in dem Zelt, als die Seiltänzerin den Umhang abwirft und in ihrem silbern glitzernden Trikot und

den roten Seiltänzerschuhen hinaufsteigt. Jeder ihrer eleganten Schritte wird von nun an begleitet von leisen Tönen des Akkordeons. Nur die Stangen, an denen das Seil befestigt ist, klirren leise im Takt mit. Ja, alles sieht Lena genau vor sich:
wie Mira, die nach ihrer Reise nun Seiltänzerin geworden ist, einen ersten Fuß auf das zitternde Seil setzt, dazu die Stimme des Direktors, die das atemlose Zelt füllt. Sehen Sie nun die wundervolle Premiere dieses Abends, verehrtes Publikum! Bewundern Sie die Königin der Lüfte, von der die Welt noch sprechen wird in hundert Jahren, deren Ruf sich bis nach Asien verbreiten wird. Erleben Sie nun Mira, den neuen Star der Himmelreichkunst! Erleben Sie den Tanz über dem Abgrund ohne Netz und doppelten Boden.

»Steh auf, Lena, schnell!«

»Himmelreichfrau?«

»Was redest du da, Kind, hast du wieder schlecht geträumt!«

Die Welt dringt herein, das Zimmer ist hell, die Tür hat sich geöffnet, Frau Krall steht am Bett des Mädchens.

»Zieh dich an! Schnell! Es sind Leute gekommen!«

»Was für Leute?«

In der Küche, auf der Eckbank, sitzt ein freundliches Paar, als Lena mit Mutter Krall hereinkommt.

»Das sind Herr und Frau Weingarten. Sag Guten Tag, Lena.«

Das Mädchen schweigt, blickt zu Boden.

»Sie müssen entschuldigen, das Kind ist noch etwas verschlafen.«

»Guten Tag, Lena«, sagt die Frau.

»Hallo, Lena«, sagt der Mann. »Hättest du vielleicht Lust, heute Morgen mit uns in die Stadt zu fahren?«

Lena blickt auf. Die Gesichter der Leute gefallen ihr.

»Was ist da drin?«

Sie deutet auf den Kasten, der neben dem Mann auf der Eckbank liegt.

»Meine Geige.«

»Hast du die immer bei dir?«
»Nein, nicht immer.«
»Erich ist Musiker«, sagt die Frau. »Gestern Abend hatte er ein Konzert hier in Berlin.«
»Kann ich mal sehen?«
Lena deutet auf den Kasten.
»Klar«, sagt der Mann und öffnet den Verschluss.
Lena sieht das glänzende Holz des Instruments.
»Kannst du auch Zirkusmusik spielen?«
»Ich kann's ja mal versuchen.«
In diesem Augenblick erscheint der Mann vom Amt an der Tür und bedeutet der Heimleiterin, sich zu beeilen.
»Ich muss weiter, Frau Krall. Ich habe nicht den ganzen Tag Zeit!«
Mutter Krall sieht Lena fast zärtlich an. »Kind, nun lass gut sein mit der Fragerei«, sagt sie. »Mach dich fertig, damit ihr loskönnt!«
»Ich will aber mittags wieder hier sein!«, ruft Lena.

Kafka trägt die von Dora so meisterlich wiederhergestellte Puppe in der Einkaufstasche bei sich. Zusammen mit einem Abschiedsgruß will er sie abgeben. Er hat gegen seinen Willen nachgegeben. Er wollte Dora nicht verletzen, er wollte ihre Arbeit würdigen, und vielleicht wird es Lena ja auch Freude machen, dieses wunderbare Spielzeug. Bis heute ist sich Kafka ja nicht ganz sicher, wie alt das Mädchen wirklich ist.

Kafka wartet und wartet, bei der Bank zwischen dem Rhododendron, eine Dreiviertelstunde lang, geht dabei auf und ab. Andere Kinder laufen vorbei. Lena ist nicht zu sehen. Er fühlt es, er weiß, dass sie nicht kommt. Ihre gemeinsame Zeit ist vorbei. Er wird mit Dora schon morgen in eine andere Straße ziehen. Sie ist dabei, den Umzug zu organisieren.

Während ein Hustenanfall ihn quält, geht er wie fast jeden Tag zum Steglitzer Postamt. Als er dort ankommt, sitzt der Collie angebunden auf den Hinterpfoten. Die Ohren leicht aufgestellt, sieht er Franz entgegen, als hätte er ihn erwartet. Dann begrüßt er ihn freudig mit heftigem Schwanzwedeln. Franz beugt sich hinunter und streichelt den zottigen Kopf des Hundes.

»Karo, mein Lieber, hat man dich heute ganz allein gelassen? Wo ist dein Herrchen, der Herr Oberst?«

Franz geht hinein, um eine Karte an Ottla einzuwerfen. Er freut sich, dass seine Schwester nun endlich, in drei Tagen schon, zu Besuch kommen wird. Er erzählt ihr von der neuen Wohnung in der Grunewaldstraße, in der es eine Zentralheizung geben wird.

Letztens habe er ihr, so endet seine Karte, von dem kleinen Mädchen geschrieben und von der Reise ihrer Puppe Mira. Die Reise ist zu Ende; wer weiß, wohin der Weg die kleine Zuhörerin führen wird, die er heute nicht mehr getroffen habe. Er werde sie nicht wiedersehen, die Witterung hier in Berlin mache weitere Treffen im Steglitzer Park unmöglich.

»Ich umarme dich, liebste Ottla, grüße die Kinder von mir. Ich werde dir ein schönes Geschenk für sie mitgeben, das Dora gemacht hat. Es wird dir und vor allem den Kleinen gefallen. Lass dich überraschen, Schwester!«

Irgendwann kann Kafka nicht mehr sprechen. Das ist einige Monate nach jenem warmen Oktober. Die Berliner Zeit ist zu Ende. Man hat ihn zuerst in einem Wiener Krankenhaus behandeln lassen. Die Ärzte haben im Kehlkopf einen zerfallenden tuberkulösen Prozess diagnostiziert, der auch einen Teil des Kehldeckels betraf. Bei diesem Befund ist ein operativer Eingriff nicht mehr möglich. Die Schmerzen des Kranken werden mit Alkoholinjektionen und Morphium gelindert. Danach verbringt er seine letzten Wochen im Sanatorium Kierling in Klosterneuburg, wo er am 3. Juni 1924 stirbt.

Dora ist bis zum Ende bei ihm. Bis zum letzten Tag korrigiert er die Druckfahnen zur Erzählung »Der Hungerkünstler«.

Kafka ist gezwungen, sich schriftlich mit seiner Umgebung zu verständigen. Auf diesen Gesprächszetteln, wie er sie bezeichnet, erkundigt er sich nach allen Dingen des Alltags, fragt nach Verwandten, Freunden und Bekannten. Ende Mai schreibt er auf einen Zettel:

»Wie mag es dem Mädchen wohl gehen?«

»Franz, Liebster, mach dir um das Mädchen keine Sorgen!«, sagt Dora, der er den Zettel gegeben hat. Er schreibt, reißt ein weiteres Blatt vom Block.

»Nein, keine Sorgen mehr.«

»Du hast der Kleinen so viel gegeben mit den Puppenbriefen!«
»Puppenreise!«
»Sie wird alles behalten.«
Der Dichter lächelt, schreibt.
»Sie sagte, sie sieht alles in ihrem Kopf!«
»Und in ihrem Herzen.«
»Ein Kind zwischen fünf und zehn lernt alles für das Leben. Es kommt nichts mehr hinzu.«
»Was ist mit mir?«
»Du warst auch schon da, Liebste!«
»Immer?«
»Immer im Kreise, auf der Lebensreise!«
Dora liest es lachend. Sie will ihn küssen, er dreht den Kopf zur Seite.
»Ich bin böse mit dir, wenn du nicht achtgibst!«
Sie streicht ihm über die heiße Stirn. Sie reicht ihm die Schnabeltasse.
Er versucht zu trinken, wie er es geübt hat: zuerst einen Schluck Wasser im Mund sammeln, dann den Kopf langsam nach hinten legen, damit das Wasser in die Kehle fließen und sich seinen Weg nach unten suchen kann. Manchmal geht es, manchmal ist er so verkrampft, dass er die ganze Flüssigkeit wieder aushustet.
Heute schafft er drei Schluck. Dora nickt anerkennend. Er schreibt:
»So gut trinken wie eine *kavka*?«
»Ja, liebster Franz. Mindestens so gut.«
»Nein, nicht so gut. Die gesamte Vogelwelt bräche in Gelächter aus, könnte sie meine Trinkversuche beobachten!«

»Versuch es noch einmal.«

»Ja, liebe Dora. Gib mir die Tasse.«

Theresienstadt, 1943.
An einem heißen Tag im Juli ist Ottla Kafka mit den Kindern auf dem Weg zum Spielplatz in dem kleinen Park zwischen Rathausgasse und Badhausgasse. Sie müssen sich ihren Weg durch die langen Menschenschlangen suchen, die sich über die Bürgersteige ziehen und manchmal durch die Einfahrten und Höfe bis hin zu Schaltern, wo es Kernseife oder Waschpulver gibt, vielleicht auch Berechtigungsscheine für Zucker, Mehl, Brennmaterial oder Passierscheine und Berechtigungen für kulturelle Veranstaltungen.
»Zur Seite!«
Leute drängen rücksichtslos durch die Menge, weil sie auf dem Weg zur Arbeit in eine der Werkstätten müssen, in denen unter Anleitung der SS und ihrer Aufseher von den Häftlingen Taschen, Holzschuhe oder Unterhaltungsspiele hergestellt werden.
»Kommt, Kinder, geht weiter!«
Ottla hat Mühe, die Gruppe zusammenzuhalten in dem Gedränge, das Tag für Tag in diesem Konzentrationslager herrscht. Dabei hält sie immer wieder Ausschau nach Bekannten, die ihr vielleicht etwas über das Schicksal ihrer Verwandten sagen können. Vielleicht hat jemand ihre Schwestern Elli oder Valli irgendwo in einer Sammelstelle oder auf einem Transport in ein anderes Lager gesehen?

Oder sonst ein Mitglied ihrer großen jüdischen Familie, die fast alle deportiert worden sind?

»Bleibt bitte ganz dicht bei mir!«
Eines der Mädchen hält die Puppe ganz fest im Arm, die Ottla ihr heute zum sechsten Geburtstag geschenkt hat. Die Puppe mit dem grünen und dem blauen Auge ist den Weg mitgereist, der vor zwanzig Jahren in Berlin begann, als Dora sie aus gefundenen Resten zusammengeflickt hatte; Ottlas Kindern diente sie lange als Spielzeug und danach hat sie das Geschenk von ihrem Bruder und dessen Freundin niemals fortgegeben, sondern es schließlich im Gepäck mit ins Getto genommen.

»Platz da!«
Zwei Mal muss die Betreuerin mit ihrer Gruppe auf der Straße den hohen Leichenwagen ausweichen, die sich, von mehreren Menschen gezogen und geschoben, schwankend vorwärtsbewegen. Rasch drängt Ottla die Kinder weiter. Sie weiß, wie hoch die Sterblichkeitsrate in den mit über sechzigtausend Menschen vollkommen überbelegten, chaotischen Quartieren im Lager ist. Neben Selbstmord sind die Haupttodesursachen Infektionskrankheiten wie Scharlach, Gelbsucht, Diphterie und Tuberkulose.

Als die Gruppe an einem Hof in der Jägergasse vorbeikommt, ertönt aus dem Tor lautes Rufen und Beifallklatschen. Das ist selten in dieser von Angst und Sorge ums Überleben gezeichneten Stadt.
Die Kinder werden neugierig.

»Ottla, bitte, bitte! Können wir nicht sehen, was da los ist?«
Sie ziehen ihre Betreuerin in den Hof, durch den Rauchschwaden von benachbarten Höfen herüberziehen. Dort werden wegen der Läuseplage Decken und Matratzen verbrannt. Die Menschenansammlung, die sich gebildet hat, lässt sich nicht stören. Ottla und ihre Schützlinge bemerken ein Seil, das quer über den Platz gespannt ist. Vielleicht ist es auch nur eine Wäscheleine, denn in den Hinterhöfen wird zu jeder Tages- und Nachtzeit Wäsche getrocknet. Das Seil läuft von einer Hausecke, wo es an einem Balkonbalken befestigt ist, hinüber zu einem verkrüppelten Baum an der Begrenzungsmauer.
»He, nicht so hastig!«
Ottla drängt sich durch die Menge nach vorn. Manche schimpfen, aber dann machen sie den Kindern und der Frau, die an ihrer weißen Tracht als Betreuerin zu erkennen ist, Platz.
»Was ist hier los?«, fragt Ottla eine ältere Frau.
Bevor sie eine Antwort bekommt, verstummen die Gespräche und eine erwartungsvolle Stille legt sich über die Menge.
Oben auf der Mauer erscheint eine schlanke Frau. Sie trägt einen einstmals wohl schwarzen, jetzt aber verschlissenen grauen Dress, an dem hier und da noch ein paar silberne Pailletten zu erkennen sind. Sie verbeugt sich. Beifall brandet auf. Ottla sieht sich jetzt genauer um und erkennt die Zuschauer, die im Halbrund auf Steinhaufen stehen oder sitzen, auf Abfallbergen und Hinterhaustreppen. Viele schauen dicht zusammengedrängt zu mehreren aus den kleinen Fenstern der umliegenden Häuser heraus.

»Was ist los?«, fragen die Kinder mit vor Aufregung geröteten Gesichtern. »Ein Zirkus?«
»Das ist eine Seiltänzerin, Kinder, die wohl hier im Hof eine Vorstellung gibt«, erklärt Ottla.
In diesem Augenblick bemerken sie den Musikanten auf einer Mauerecke. Er hebt ein kleines Akkordeon über seinen Kopf, zieht es mit Schwung auseinander. Ein kräftiger Akkord ertönt. Mit lauter, eindrucksvoller Stimme verschafft er sich Gehör.
»Wir bitten um Ihre Aufmerksamkeit, meine Damen und Herren!« Dann spielt er einige Takte, weist auf die Frau, die still am Seil verharrt und dabei lächelt. »Sie dürfen sich glücklich schätzen, verehrtes Publikum, dass Sie heute ein Gastspiel der weltberühmten Artistin Lenotschka in diesem reizvollen Kurort miterleben können! Wenn die Umstände es zugelassen hätten, würde die Künstlerin in diesen Tagen die Niagarafälle überqueren. Darüber berichtete bereits die Weltpresse; auch über die sensationelle *Ascension*, den Aufstieg auf dem Seil hinauf zum Zuckerhut von Rio de Janeiro. Für diese einzigartige Vorstellung fand Lenotschka bereits vor Jahren in der Artistenwelt die größte Anerkennung und wurde mit Preisen überhäuft. Damals blieb den Menschen das Herz stille stehen!«, ruft der Musiker und beginnt nun langsam einen Tango zu spielen, bei dessen ersten Takten die Frau im Trikot tänzerisch auf das Seil tritt: zwei Schritte vor zuerst, einen zurück, zögernd, als untersuche sie mit den Fußspitzen jede einzelne Faser ganz genau.
Auch die Kinder sind jetzt ruhig geworden, sie blicken gebannt nach oben und die Kleinsten halten sich an Ottlas

Schürze fest, wie um Schutz zu suchen vor einem unbekannten Abenteuer.

»Lenotschka!«, ruft der Musiker erneut aus. Die Artistin macht einen Sprung auf dem Seil, eine Drehung, lächelt zu dem Musiker hin, macht eine einladende Geste zum Publikum und beginnt mit einer unerhörten Leichtigkeit zu tanzen, sodass sie bald alle Zuschauer im Hof völlig in ihren Bann zieht. Die Schritte der Künstlerin werden zu einem Schweben und immer weniger scheinen ihre Sohlen die schmale Linie zu berühren. Dabei bewegt sie nur leicht die Arme auf und ab und hält sich so im Gleichgewicht wie mit spielerischem Flügelschlagen und ihre Bewegungen sind ganz dem Rhythmus des Tangos angepasst.
Sie tanzt über den Hof, gleitet hinweg über die zerfetzten Wäschestücke an den Sträuchern, überquert die Köpfe der Gaffer auf den Bretterstapeln und Steinhaufen. Sie dreht kurz vor der Mauer eine Pirouette und geht den Weg zurück. Auf ihrem Gesicht zeigt sich ein glückliches Lächeln, das nicht ins Publikum geht, sondern nach innen. Zuweilen scheinen geheime Zeichen dem Musiker zu gelten, der das Tempo einmal beschleunigt, einmal verlangsamt, doch immer mit dem herzzerreißenden Grundton und der Sehnsuchtskraft des Tangos. Die Seiltänzerin lässt sich pantomimisch von einem unsichtbaren Partner führen, beugt sich zu ihm hin, folgt seinen Schritten. Jeder im Hof sieht es genau, dass da noch jemand auf dem Seil ist, der sie begleitet, der ihren Körper nach hinten biegt, bis ihre Haare fast den schmalen Steg berühren, ohne dass sie eine Sekunde den Takt verliert, den das Bandoneon vorgibt. Die scharf

begrenzten Rhythmen des Tangos vermischen sich mit anderen Klängen, gehen ineinander über. Es wird eine klagende Weise, traurig sich hinziehend, Töne, die aus weiter Ferne zu kommen scheinen, aus dem Osten vielleicht, aus den Weiten einer Ebene, aus den Schatten von tiefen Wäldern. Die Brust mancher Zuschauer wird zusammengepresst und zugleich geweitet von Schmerz und Glück, vom Geheimnis dieses Schauspiels, dem sie stumm und reglos zusehen.

»Haben wir nicht schon einmal eine Vorstellung von ihr gesehen?«, hört Ottla die ältere Frau in ihrer Nähe leise fragen.
»Ja, jetzt fällt es mir auch wieder ein«, antwortet der Mann neben ihr. »Das war 35 bei Busch in Dresden. Oder war es in Berlin bei einem Gastspiel vom Zirkus Knie?«
»Nein, ich glaube, es war Sarrasani. Ich erinnere mich jedenfalls, dass die Lenotschka damals sehr berühmt war und alle Zeitungen über sie berichtet haben.«
»Eine Schande, dass die Nazis alle großen Zirkushäuser und Varietés dann verboten haben!«, mischt sich ein anderer Zuschauer ein.
»Ist sie Jüdin?«
»Ja.«
»Ob sie hier im Getto noch öfters eine Vorstellung gibt?«
»Kann sein. Wenn sie nur nicht das Schreiben von der Lagerverwaltung bekommen hat«, ruft ein anderer Zuschauer herüber.
Bei den letzten Worten zuckt Ottla zusammen und drückt die Kinder an sich. Sie weiß, was das »Schreiben« ist. Eine Nachbarin aus ihrer Straße, die sie hier im Lager traf, hatte

ihr ein solches Schriftstück gezeigt, und Wort für Wort sieht sie es noch vor sich:
Es wird Ihnen mitgeteilt, dass Sie weisungsgemäß in den Transport nach dem Arbeitslager Auschwitz-Birkenau eingereiht wurden. Sie haben sich Freitag, den 23. Juni, um 12 Uhr bis längstens 18 Uhr nachmittags mit Ihrem Gepäck in der Schleuse Lange Straße 3 einzufinden.
Alle, die hier ein solches Papier erhalten, wissen, dass es das Ende bedeuten kann. Ottla hat die Nachbarin seither nicht mehr gesehen.

Je leiser der Mann auf seinem Instrument spielt, umso leichter wirken die Schritte der Lenotschka auf dem Seil. Sie erinnern an das Schleichen eines Panthers, verhalten und leidenschaftlich zugleich. Bei diesem Tanz vergessen die Menschen die elende Gegenwart in diesem Lager, das Zusammengepferchtsein, die grausamen, viele Stunden dauernden Zählappelle im Regen auf einem Feld vor dem Getto, bei denen sich niemand rühren darf. Sie sehen dieser Frau auf dem Seil zu und haben für ein paar Minuten die Hoffnung, der Krieg werde bald vorbei sein, auch wenn sich die vielen Gerüchte oft als falsch erwiesen haben, die Russen stünden schon an der Elbe. Die Zuschauer vergessen die Gräuelmeldungen über die Vernichtungslager der Nazis im Osten, die Angst vor dem Ende.

»Hola!«, ruft der Musiker laut von seinem Mauervorsprung herab.
»Hola!«, erschallt es aus dem Rund des Hofes.
»Hola! Lenotschka! Zugabe!«

Die Seiltänzerin hat in ihrem Tanz innegehalten.
Ihr Blick war auf einige Kinder gefallen, die zusammen mit einer Begleiterin in der ersten Reihe der Zuschauer stehen. Der Artistin fällt auf, wie sauber und ordentlich diese Frau in dem weißen Kittel wirkt, wie akkurat ihre schwarzen Haare mit den weißen Strähnen darin nach hinten gekämmt sind. Es trifft Lenotschka ein Blick dieser Frau, sie sieht nur noch diese leuchtenden dunklen Augen. An wen erinnert sie dieser Blick? An wen nur?
Die Künstlerin verharrt einige Sekunden, steht ganz still, nur leicht vibrierend, wie eine Feder, die vom Himmel schwebt und hier auf dem Seil eine Rast einlegt, bevor sie zu Boden taumelt.
Erinnert sie sich an einen Park in Berlin-Steglitz im Herbst, an eine stille Bank inmitten von Rhododendronbüschen? Ihr Weg durch die Zeiten hat diese Erinnerung an ein früheres Leben fast verschüttet, doch der Blick dieser Frau dort unten zieht für einen Moment den Vorhang beiseite . . . Löst ein Gefühl aus, beschwört eine Szene herauf . . .
Vom Schmerz weiß sie noch, vom Schmerz eines lang vergangenen Tages, als sie nach einem Stadtausflug mit ihren neuen Eltern noch einmal zu jener Bank eilte und diese leer fand. Kein großer dünner Mann im wehenden schwarzen Mantel und mit schwarzem Hut zu sehen, der immer, sobald er sie auf der Bank entdeckt hatte, mit raschen, ausgreifenden Schritten herbeieilte, einen Umschlag mit einem Brief oder einer Karte wie ein Fähnlein in der Hand schwenkend . . .
Sie erinnert sich an jenen Tag im Oktober 1923, als Erich und Sophie Weingarten, ihre neuen Eltern, warteten und sie am

Nachmittag mit nach Dresden nahmen. Die Weingartens waren gute Eltern, besser hätte es für das Mädchen nicht kommen können. Und sie weiß, wie sie die Puppenbriefe, die unter ihrer Matratze gelegen haben, beim Abschied aus dem Krall'schen Heim noch schnell in ihr Köfferchen werfen konnte. Die Adoption war bald amtlich vollzogen und sie wurde die gesetzliche Tochter des jüdischen Ehepaars Weingarten.

Hui!, pfiff der Wind um die Reling. Hui!, sausten die Möwen über das Schiff. Hui!, hört sie in diesem Augenblick den Fremden wieder rufen, während ihr Publikum lautstark die Fortsetzung der Vorstellung fordert.

»Weiter!«

»Hola, Lenotschka! Wir wollen mehr sehen!«

Ottla hat den Blick der Seiltänzerin bemerkt. Den träumerischen Ausdruck in ihrem Gesicht, als sei sie in einer anderen Welt. Aber sie scheint die Aufforderungen der Zuschauer gehört zu haben, sie dreht sich um, tanzt leicht und schwerelos weiter und nur sie allein sieht jetzt die Bilder vor sich, die aufsteigen aus der Zeit, als sie vor Jahren die Zirkusschule Lorch an den Dresdner Elbwiesen besuchte. Es hatte keiner großen Kämpfe des Mädchens bedurft, um ihre Adoptivmutter davon zu überzeugen, dass sie dort ihre Ferien verbringen wollte. Sophie Weingarten konnte ihrer Tochter nichts abschlagen und Erich erst recht nicht. Ihr Adoptivvater musste nicht mehr miterleben, wie seine jüdischen Musikerkollegen an der Dresdner Staatsoper nach 1933 aus dem offiziellen Kunstbetrieb entfernt wurden. Fast genau am Tag der Machtergreifung kam er mit seiner Frau bei einem Autounfall ums Leben. Ihre Tochter Lena war damals siebzehn. Sie blieb bei den Lorchs. Später, als sie Pavel kennenlernte, wechselte sie zu den Strassburgers und wurde die »Lenotschka«. Ihre Kunst auf dem Seil war von Anfang an geprägt durch eine vollkommene Beherrschung der Schwerkraft, eine über jeden Zweifel erhabene Gradlinigkeit, wie der alte Lorch es ausdrückte, als er das Mädchen zum ersten Mal auf dem Seil sah. Die ist dafür geschaffen, rief er, nehmt die Hilfsleine weg, die braucht sie nicht! Das war 1938. Man erhielt als jüdische Truppe kaum noch Auftritte. Pavel und Lena waren gezwungen, mit einem uralten Traktor und dem rot-blau angemalten Zirkuswagen durch die Kleinstädte und Dörfer zu ziehen, um mit ihrem Solo-Auftritt ein paar Kronen zu verdienen.

Die Puppenbriefe? Die Karten und Zeichnungen? Die machten alle Reisen mit. Das Bündel mit den zwei Dutzend Blättern konnte sie dann auch ein zweites Mal in aller Eile zusammenraffen. Das war am 2. Oktober 1942, als die Zwangsumsiedlung nach dem von der tschechischen Bevölkerung vollständig geräumten Städtchen Theresienstadt erfolgte. Aus irgendeinem Grund hatte die Aufforderung, sich am nächsten Morgen an der Prager Sammelstelle am Bahnhof Holesovice einzufinden, Lena und Pavel nicht erreicht, sie wurden gewaltsam aus ihrem Wagen geholt, der an jenem Tag zusammen mit anderen auf der Moldau-Insel stand. Die Briefe wurden im Lager von der mit der Durchsuchung beauftragten tschechischen Gendarmerie beschlagnahmt. Dagegen nützte aller Protest nichts; die Post war verschwunden. Ihre Kunst konnte Lena nach einiger Zeit wieder aufnehmen, denn sie brauchte ja nichts weiter als ein Seil und das konnte im vielfältigen Getriebe dieses Ortes organisiert werden genau wie das Bandoneon, das Pavel sich von einem Mitglied des Lagerorchesters ausleihen konnte.

»Zugabe, Lenotschka!«
Und wieder: »Was ist los mit dir?«
Der Blick der Seiltänzerin ist auf ein kleines Mädchen gefallen, das dicht bei der Betreuerin steht. Die Kleine hält mit beiden Armen eine Puppe umklammert.
Die Tänzerin beugt sich vor, so weit es geht. Diese Puppe hat ein rotes Kleid und blonde Haare.
Das kann nicht sein! Ein Zufall! Ein Märchen aus lange vergangenen Tagen? Als eine Puppe eine wunderbare Reise machte, in einem Ballon davonflog auf der Suche nach dem Wasserturm, nach einem Platz, den sie nicht mehr finden konnte?

Ist das ein Zeichen zum Aufbruch?
Zum Aufbruch in eine andere Welt?

»Hola!«
Sie schrickt auf, verbeugt sich, als Pavel noch einen letzten Takt spielt. Der Beifall bricht abrupt ab. Alle haben die beiden Gettowachmänner mit ihrer schwarzen, gelb umrandeten Schildmütze, ihrem breiten Gürtel aus Sackleinwand und dem großen Metallschild auf der Brust mit der Aufschrift GW bemerkt. Die Männer pflanzen sich am Tor auf, ihre Haltung ist unmissverständlich: Ende der Vorstellung. Aber dann lehnen sie sich an die Mauer, als hätten sie doch

Lust, sich die Vorstellung anzusehen. Die Launen und Vorlieben dieser Kerle ändern sich von Tag zu Tag, das ist bekannt im Lager.

Lenotschka schwebt jetzt wieder leicht zu Pavels Musik über das Seil. Schwerelos und wie durchsichtig, scheint sie es kaum noch zu berühren, scheint fast in der Luft zu gehen, weil die Gesetze der Schwerkraft für sie immer mehr aufgehoben werden. Ganz still ist es geworden. Die Menschen trauen ihren Augen nicht mehr bei diesem Schauspiel. Oder ist es die Sonne, die sie blendet und die ihnen vorgaukelt, dass sich die Künstlerin in einen Vogel verwandelt, in eine schwarze Libelle, die sich mit leichtem, flirrendem Flügelschlag ohne Weiteres in die Lüfte erheben kann?
Plötzlich ist allen hier im Hof, auf den Treppen, an den Mauern, in den Fenstern, in den benachbarten Höfen klar, dass etwas ganz Einmaliges passiert. Diese Seiltänzerin braucht kein Seil mehr, so leicht wirkt sie und so fern aller körperlichen Haftung an den Boden. Die Musik trägt sie dahin, trägt sie hinauf und hinunter, das Seil könnte genauso gut aus Luft sein, ein Luftstrick, ein Pfad aus Luft. Mehr brauchte sie nicht, um hier ihren Tanz vorzuführen, um hinaufzuwandern zu den Giebeln der Häuser oder bis hinauf zur Spitze einer Kathedrale, wenn es hier eine gäbe.

Die Zuschauer bemerken vor lauter Staunen nicht den Blick, den die Seiltänzerin mit ihrem Mann Pavel wechselt. Der Blick, der sagt:
Es ist so weit, halte dich bereit, Liebster, der Zeitpunkt der Abreise ist gekommen!

Ich habe das Zeichen jetzt erkannt!
Diese Abreise werden wir nicht wie vorgeschrieben und befohlen vornehmen, sondern auf unsere eigene Art.
Pavel nickt, steht von seiner Mauerecke auf, spielt dabei weiter diese Melodie, die die Menschen Tausende Kilometer fort in die freien Ebenen des Ostens versetzt, nach Samarkand vielleicht, nach Buchara oder in die ferne Mongolei, wo der freie Wind sie dahintreiben wird, fort von allem Elend und Kriegsgeschrei.

Was werden die Zuschauer erzählen von dieser Stunde, was wird in ihrer Erinnerung bleiben? Dass die Seiltänzerin und ihr Musiker verschwunden sind? Wohin? Das passiert hundertfach, tausendfach in diesem Lager in diesen Jahren, dass Menschen verschwinden, fortgebracht werden. Es geschah allerdings meist auf dem Schienenweg und Ziele waren die Vernichtungslager des Nazi-Regimes: Auschwitz, Sobibor, Treblinka ...
Bei diesem Geschehen im Hinterhof allerdings wird keine Vernehmung je herausfinden, was wirklich passiert ist.
Die Zeugen des Ereignisses können es nicht wissen, denn sie leben für eine Minute in einem Zeitsprung, in einem Zeitloch, in einer anderen Dimension. Nur ein Gefühl bleibt übrig, ein Gefühl, dass etwas Außergewöhnliches geschehen ist.
Haben sie ein Luftschiff gesehen? Einen roten Ballon vielleicht mit einem Clownsgesicht darauf, der sich aus dem weißen Sommerhimmel herabsenkt? Der kurz über dem Seil stehen bleibt, bis die Seiltänzerin, die schon ganz durchsichtig geworden ist, und der Musiker mit seinem

Bandoneon in den Korb unter dem Ballon eingestiegen sind, und noch ehe die Menschen sich die Augen reiben können, sind sie fort.
Die Wäscheleine hängt verlassen im Hof.
Die Pfeife der Wachmänner schrillt: Alarm!
Wohin sind die Seiltänzerin und der Musiker verschwunden?
Warum sieht man sie nicht mehr?
Ist das eine optische Täuschung? Ein Zaubertrick der fahrenden Leute?
Ein Märchen?
Eine Befreiungsaktion?
Unmöglich, so etwas kann niemand!
Doch, die Luftgeister können es . . .
Das Tuten eines Schleppkahns, das sich von der Elbe herüber ins Getto verirrt, täuscht vor, man lebe in einer normalen Zeit.

Was bleibt noch zu erzählen?
Ottla schart schleunigst die Kinder um sich. In all der Unruhe, denn die Menschen streben, so schnell es nur geht, dem Hofausgang zu. Um nicht in irgendeinen Verdacht und in eine Untersuchung zu geraten, wird es höchste Zeit, dass sie die Kleinen in das Kinderheim an der Südstraße zurückbringt. Auch will sie heute Abend noch eine illegale Veranstaltung des Literarischen Zirkels besuchen, denn es handelt sich hier um einen dem Regime missliebigen Autor, und man will kein Risiko eingehen. Man trifft sich um neunzehn Uhr auf einem Dachboden in der Südstraße. Bis zur Sperrstunde muss der Vortrag des Dr. Weiner beendet sein. Sein

Thema, das auf geheimen Ankündigungen unter den Interessierten verbreitet wurde, lautet:

Zum 60. Geburtstag des berühmten Schriftstellers Franz Kafka (1883–1924) – über Werk und Bedeutung des Autors von »Der Prozess«, »Amerika« und »Das Schloss«.

Seiltanz zwischen Fiktion und Wirklichkeit

(Ein Nachwort)

Ist das nicht dieser schwierige Dichter? Diese Frage kann man manchmal hören, wenn man den Namen Franz Kafka erwähnt. Viele wissen, auch wenn sie nichts oder nur im Schullesebuch etwas von ihm gelesen haben, dass seine Bücher zur Weltliteratur zählen, dass Romane von ihm verfilmt worden sind. Das Wort »kafkaesk« wird im deutschen Sprachgebrauch auch als Beschreibung für Undurchschaubares, Geheimnisvolles, Unheimliches oder Bedrohliches benutzt.

Geboren wurde Franz Kafka am 3. Juli 1883; am 3. Juni 1924 ist er in einem Sanatorium bei Wien gestorben, knapp einundvierzig Jahre alt.

Heute kann man in Prag, wo Kafka fast sein ganzes Leben lang gelebt hat, Touristen treffen, die T-Shirts mit seinem Konterfei tragen. Sie gehen auf seinen Spuren durch diese Stadt, die in seinen Tagebüchern und Briefen eine große Rolle spielt.

In den größeren Buchhandlungen füllen seine Bücher einen halben Meter im Regal. In allen Deutschbüchern der Oberstufe finden sich Erzählungen von Kafka. In Amerika und anderen Ländern der Welt gehört er zu den meistgelesenen deutschsprachigen Autoren; zahlreiche Bücher wurden über sein Leben und sein Werk geschrieben.

Kafka, der an der Prager Universität zum Doktor der Rechte promoviert hatte, arbeitete in seinem Brotberuf als Angestellter einer Versicherungsgesellschaft. Von Vorgesetzten und Kollegen wurde er geschätzt wegen seines korrekten und sorgfältigen Arbeitens. Nachts war er ein Dichter und Schriftsteller, dessen Arbeiten zu seinen Lebzeiten nur wenig Anerkennung fanden. Erst Jahre nach seinem Tode wurde er berühmt. Zu danken ist dies Kafkas Freund Max Brod, der den Willen Kafkas, seine Manuskripte nach seinem Tode zu verbrennen, nicht befolgte. Dem Juden Brod gelang es stattdessen in letzter Sekunde, sich 1939 den Häschern der Nazis zu entziehen und nach Palästina zu entkommen, im Koffer die schwarzen Hefte mit Kafkas Handschrift.

Im Herbst 1923 und Anfang 1924 lebte Franz Kafka mit seiner Freundin Dora Diamant, die er wenige Monate zuvor an der Ostsee kennengelernt hatte, in Berlin. Zum ersten Mal gab es Demokratie in Deutschland. Allerdings war die Zeit nach dem verlorenen Ersten Weltkrieg sehr schwer für die Menschen. Die Arbeitslosigkeit war hoch, linke und rechte Parteien bekämpften sich, die deutsche Mark verfiel immer mehr und es kam zur Inflation. Auch von einem gewissen Adolf Hitler wurde schon gesprochen, der mit seinen Anhängern einen Putsch inszenierte, der jedoch fehlschlug. Zehn Jahre später stürzte der Nationalsozialismus mit dem Führer Adolf Hitler Deutschland in Terror, Krieg und Untergang.

Kafka erhoffte mit seiner Freundin in Berlin einen Neuanfang in seinem Leben. Er war glücklich mit der jungen Frau aus Ostpolen, auch wenn sie unter erbärmlichen Verhältnissen leben mussten. Endlich war es ihm gelungen, aus der elterlichen Wohnung, in der er immer gelebt hatte, auszuziehen und sich so dem Einfluss insbesondere seines Vaters zu entziehen. Mehrere Beziehungen zu Frauen waren gescheitert (die Briefe an Felice und die Briefe an Milena und seine Tagebücher geben Auskunft darüber). An seine Schwester Ottla, zu der er eine besonders enge Bindung hatte, schrieb er im Oktober 1923 aus Berlin:
»Die Flucht aus meinem alten Leben in Prag ist geglückt, liebste Schwester. Ich habe mich von dieser Stadt gelöst, die mich ganz krank gemacht hat. Mit Fräulein Dora wird hier in Berlin nun alles gut.«
Kafka war allerdings zu diesem Zeitpunkt schon todkrank und hatte nur noch wenige Monate zu leben. Sechs Jahre zuvor hatte er in der Nacht einen Blutsturz erlitten und erst nach mehreren Untersuchungen und Heilbehandlungen wurde Lungentuberkulose (umgangssprachlich hieß das »Schwindsucht«) diagnostiziert. Viele Stadtbewohner hatten sich in den Kriegszeiten damit infiziert; oft klang das Leiden auch ohne Behandlung wieder ab. Voraussetzung war eine gute Ernährung und vor allem Widerstandskraft des Patienten. Das war bei Kafka nicht der Fall. Die Krank-

heit kam immer wieder, verschlimmerte sich im Laufe der Jahre und griff schließlich auf den Kehlkopf über. Antibiotika wie Streptomycin waren noch nicht entwickelt, mit denen die Tbc später und bis heute erfolgreich bekämpft werden konnte.

Eines Tages im Oktober 1923 traf Kafka beim täglichen Spaziergang im Steglitzer Park ein kleines Mädchen. Dora erwähnt diese Begebenheit in einem Brief an einen Freund; Biografen griffen es in kurzen Notizen auf. Auch dass Franz dem Mädchen anschließend eine Zeit lang täglich Briefe brachte, um sie über den Verlust ihrer Puppe zu trösten. Die Post an das Mädchen, von der Dora in Mitteilungen an eine Freundin sprach, ist verloren gegangen. Trotz jahrzehntelanger intensiver Suche konnte sie nicht gefunden werden. Koffer und Kisten auf staubigen Berliner Dachböden wurden vergeblich durchstöbert nach einem Bündel Briefe von der Hand des berühmt gewordenen Dichters. Die Empfängerin der Post, von der ebenfalls nichts bekannt ist, heißt in diesem Roman Lena und ihre Lebensumstände und ihr Lebensweg sind vielleicht ganz anders verlaufen, als sie hier gestaltet werden.

Dass Franz und Dora in dieser kurzen Zeit in Berlin glücklich miteinander gelebt haben, ist aus ihren Briefen zu vermuten. Von Dora weiß man, dass sie nach Kafkas Tod geheiratet und mit ihrem Mann und der gemeinsamen Tochter in Moskau gelebt hat. 1952 ist sie in London an einem Nierenleiden gestorben.

Ottilie, genannt Ottla, 1892 geboren, die jüngste Schwester von Franz Kafka, spielte in seinem oft von Schwäche, Unsicherheit und Zweifeln bestimmten Leben als einfühlsame Freundin, Ratgeberin und Helferin eine wichtige Rolle. Sie hatte einen Tschechen geheiratet, mit dem sie zwei Töchter hatte. Sie trennte sich wieder von ihm, um als Jüdin ihrem Mann nach der Besetzung Prags durch die Nazis nicht im Wege zu stehen. Die Folge war, dass sie, wie fast alle Mitglieder der jüdischen Familie Kafka, deportiert wurde. Zu vermuten ist, dass auch Franz, hätte er länger gelebt, in die Vernichtungsmaschinerie der Nazis geraten wäre. So wurden auch Kafkas andere Schwestern, Gabriele (»Elli«) und Valerie (»Valli«) in den Konzentrationslagern des Ostens umgebracht. Ottla kam nach Theresienstadt. Sie arbeitete dort als Betreuerin der Kinder im Lager.

Theresienstadt war von der SS als »Vorzugslager« dazu ausersehen, die wahre Bedeutung der »Endlösung« jederzeit als sogenannte Gräuelpropaganda zu widerlegen. So verlieh man dem Getto zur Verschleierung der immer umfangreicheren Vernichtungsaktionen in anderen Lagern einen scheinbar harmlosen Anstrich. Man zeigte es Journalisten, anderen internationalen Besuchergruppen und Delegationen des internationalen Roten Kreuzes und gaukelte ihnen vor, dass es sich hier um eine sozusagen selbstständige, mit gewissen Rechten ausgestattete Siedlung handelte. Die SS ließ es zu, dass in Theresienstadt, wo unter den Eingesperrten zahlreiche berühmte jüdische Musiker und Sänger waren, ein kulturelles Leben mit Konzerten, Vorträgen, Kabarett und sonstigen vielfältigen Darbietungen entstand. Am meisten gespielt wurde Smetanas »Die verkaufte Braut«.

Auch Kabarett, artistische Vorführungen, Lesungen und Theater gab es; darüber hinaus jede Woche Spiele in der Theresienstädter Fußball-Liga. Die Tabelle führte fast immer die Mannschaft der Gettowache an; dahinter folgte die Mannschaft der Jugendfürsorge vor der Auswahl der Köche und Gärtner und einigen anderen.

Ottla wurde im Oktober 1943 mit ihren Kindern von Theresienstadt ins Vernichtungslager Auschwitz transportiert, wo sie alle unmittelbar nach der Ankunft ermordet wurden. Man hatte vorgegeben, sie würden in die Schweiz gebracht und dort gegen deutsche Soldaten ausgetauscht, die in amerikanischer Kriegsgefangenschaft waren.

In dem vorliegenden Roman werden einige Motive aus der Welt der Erzählungen Kafkas aufgenommen, die in den Geschichten der Puppenreise eine Rolle spielen oder in der Beschreibung des Lebensumfeldes von Kafka und seiner Freundin anklingen.

Zwei kleine Jonglierbälle begleiten zu Beginn Lenas Puppe, als sie von der Bank wegläuft und vor dem Hund flieht. In Kafkas Erzählung »Blumfeld, ein älterer Junggeselle« gibt es zwei kleine Zelluloidbälle, die den einsamen Junggesellen begleiten und sich nicht mehr abschütteln lassen.

Als Kafka mit Dora in Berlin lebte, arbeitete er an der Geschichte »Der Bau«, aus der zitiert wird und von der er zum Erstaunen seiner Freundin behauptete, sie handle von ihm. Eine weitere Arbeit, die sich in den Erzählbänden findet, heißt »Die kleine Frau«. Darin porträtiert Kafka eine seiner Berliner Wirtinnen, die dem fremden Paar besonders misstrauisch begegnete. In der Erzählung »Forschungen eines

Hundes« sind es keine singenden Wölfe (denen die Puppe Mira auf ihrer Reise begegnet), sondern sieben Hunde, welche als »Musikkünstler« auftreten. Auch dem berühmten »Ritter von der traurigen Gestalt«, Don Quijote, und seinem Knappen Sancho Pansa begegnet die Reisepuppe. Kafka schrieb über die beiden in seinem kurzen Text »Die Wahrheit über Sancho Pansa«, dass dieser als »ein freier Mann« dem Don Quijote aus einem gewissen Verantwortungsgefühl gefolgt sei und dabei »eine große und nützliche Unterhaltung« bis an sein Ende gehabt habe.

Der Affe Rotpeter, vor dessen Käfig Mira steht, bis sie von Babette weggezogen wird, kommt in der Erzählung »Ein Bericht« für eine Akademie vor. Aus seinem eigenen Text »Der Kübelreiter« zitiert Kafka, als er mit Dora durch die Stadt geht und sie über die Gefahren des drohenden Winters sprechen. »Erstes Leid« mit dem Trapezkünstler (der hier Mario heißt und Miras Lehrer wird), der seine Kuppel nicht mehr verlässt, spielt am Schluss von Miras Reise eine Rolle. Dort finden sich ebenfalls Andeutungen aus der kurzen Geschichte »Erstes Leid«.

Erwähnt werden in dem Buch die Titel »Die Verwandlung«, »Das Urteil« und »In der Strafkolonie«, Erzählungen, die oft im Deutschunterricht behandelt werden, sowie die großen Romane »Der Prozess«, »Das Schloss« und »Amerika«. Der Roman »Amerika« hieß ursprünglich »Der Verschollene« und blieb unvollendet. Erst Kafkas Freund Max Brod hat ihn unter dem Titel »Amerika« herausgegeben.

Im »Brief an den Vater«, den Franz Kafka nie abgeschickt hat, beschreibt er sein schwieriges Verhältnis zu Hermann Kafka, von dem er sich sein Leben lang unverstanden fühlte.

Die in der Geschichte anzitierten oder angesprochenen Erzähltexte und Briefe sind entnommen aus oder angelehnt an:

Franz Kafka, Briefe an Ottla und die Familie, Fischer Taschenbuch Verlag, Frankfurt/Main 1981

Franz Kafka, Die Erzählungen (Originalfassung), Fischer Taschenbuch Verlag, Frankfurt/Main 1996

Abdullah Al-Sayed

Geflüchtet

Zu Hause in Deutschland, daheim in Syrien

Abdullah kommt aus Syrien. Er ist 16, als er aus seinem Heimatort Ar-Raqqa flieht. Sein älterer Bruder wurde verschleppt, sein Vater bei einem Bombenangriff getötet. Weil die Bedrohung immer größer wurde, stattete seine Familie ihn mit Geld aus. Abdullah schlug sich nach Deutschland durch. In einem Jugendheim findet er Sicherheit und ein neues Zuhause. Doch das Ankommen ist nicht leicht ...

Arena

216 Seiten
Klappenbroschur
ISBN 978-3-401-60329-2
www.arena-verlag.de

19.9.24 bestellt (Bearbeitg. nach 29.9.0) „Booklooks“

Michail Krausnick

28,-

M. Drewing
DE 93 1405
1000 1502
2022 94

NOLADE21 WIS

4,60 €

Auf Wiedersehen im Himmel
Die Geschichte der Angela Reinhardt

Spk. Mecklbg. NW

Die Kinder der in Konzentrationslager verschleppten Sinti und Roma wurden von den Nationalsozialisten zu Waisen erklärt und in die Fürsorge katholischer Kinderheime gegeben. Auch Angela ist eines dieser Kinder. Eine Zeitlang bleibt sie von der Deportation nach Auschwitz verschont. Doch die NS-Führung duldet keine Ausnahmen. Als der große Bus kommt, um die Kinder zu dem versprochenen »schönen Ausflug« abzuholen, nimmt eine Schwester das Mädchen beiseite: »Du gehörst nicht dazu!« Angela versucht sich in den Bus zu schmuggeln und bekommt dafür eine Ohrfeige, die ihr das Leben rettet.

Arena LIFE

176 Seiten
Arena-Taschenbuch
ISBN 978-3-401-02721-0
www.arena-verlag.de

Hans Peter Richter

Wir waren dabei

1933 begann das dunkle Jahrzehnt unserer jüngerer Vergangenheit. Wie war es damals wirklich? Wie erlebten Jungen und Mädchen das Dritte Reich? Dieses Buch erzählt – klar nüchtern, wahrhaftig – von drei Freunden, die die Zeit zwischen 1933 und 1943 erleben. Hans Peter Richter (1925-1993) lässt die Vergangenheit verständlich werden und macht den Leser für Gegenwart und Zukunft hellhörig.

168 Seiten
Arena-Taschenbuch
ISBN 978-3-401-02751-7
www.arena-verlag.de